에어리얼 복원본

ARIEL : The Restored Edition

에어리얼 복원본

실비아 플라스
진은영 옮김

엘리

일러두기

◦ 본문 중의 주석은 모두 옮긴이주이다.
◦ 외국어의 우리말 표기는 국립국어원 외래어표기법에 따르되, 통용되는 일부
  표기는 허용했다. 성경의 인물은 공동번역성서의 표기를 따랐다.

차례

서문

프리다 휴스Frieda Hughes

이 판본은 나의 어머니 실비아 플라스가 남긴 마지막 원고의
배열을 그대로 따른다. 나는 딸로서 이 원고에 접근할 수밖에
없으며, 이 마지막 원고는 1965년 영국에서 처음 출간된
『에어리얼』과 뒤이어 1966년 미국에서 출간된 『에어리얼』과는
차이가 있다. 그 두 판본은 나의 아버지 테드 휴스가 우리 가족
안에서 그 원고가 지니는 역사에 대한 순전히 개인적인 관점에
따라 편집한 것이다.

　1963년 2월 11일 어머니는 자살로 생을 마감하면서 책상
위에 검은색 스프링 바인더를 남겼고, 그 속에는 사십 편의 시
원고가 들어 있었다. 어머니는 1962년 11월 중순에 마지막으로
이 원고를 배열하는 작업을 했던 것 같다. 그달 14일에 쓰인
「죽음 주식회사 *Death & Co.*」는 원고의 차례에 포함된 가장 마지막
시이다. 어머니는 죽기 전까지 열아홉 편의 시를 더 썼으며, 그중
여섯 편을 12월 12일 우리가 데번주에서 런던으로 이사하기 전에
완성했고, 생의 마지막 8주 동안 열세 편의 시를 더 완성했다.
이 시들은 그 원고와 함께 책상 위에 놓여 있었다.

　깨끗하게 타이핑된 원고의 첫 페이지에는 「에어리얼」과 그
외 시들 *Ariel and other poems*' 이라는 시집 제목이 적혀 있다. 이어지는
종이 두 장에서는 각각 다른 제목들을 붙였다 차례로 지웠고,
그 위로 손으로 쓴 제목이 대신하고 있다. 그중 한 장에서 제목은
'경쟁자 *The Rival*' 에서 '생일 선물 *A Birthday Present*' 로, 또 '아빠 *Daddy*' 로
수정되었다. 다른 한 장에서는 제목이 '경쟁자' 에서 '토끼 잡는
사람 *The Rabbit Catcher*' 으로, '생일 선물' 로, '아빠' 로 수정되었다.

이 새로운 표제시들은 연대순이며(1961년 7월, 1962년 5월, 1962년 9월, 1962년 10월), 어머니가 작업 중이던 원고를 재배열했을 가능성이 있는 이전 날짜들을 짐작하게 해준다.

『에어리얼』이 아버지의 편집을 거쳐 처음 출간되었을 때에는 어머니가 남긴 원고와는 다소 차이가 있는 시집이었다. 아버지는 어머니가 작성한 차례의 순서를 대략만 따랐고, 미국판에서는 원고에 있던 열두 편의 시를, 영국판에서는 열세 편의 시를 제외시켰다. 그는 영국판을 위해 열 편의 시를, 미국판을 위해 열두 편의 시를 따로 넣어 제외시킨 시들을 대신하게 했다. 이 시들은 1962년 11월 중순 이후 가장 나중에 쓰인 열아홉 편의 시와 이전에 쓰인 세 편의 시에서 고른 것이다.

선택지는 부족하지 않았다. 1960년 『거상 The Colossus』이 출간된 이후, 어머니는 이전 작품에서 진전을 보여준 많은 시들을 썼다. 이 작품들은 『거상』과 『에어리얼』의 매우 다른 문체들 사이에 놓인 과도기적 시들이었다(이 시들의 선집은 1971년 『호수를 건너며 Crossing the Water』로 출간되었다). 그러나 1961년 말 무렵에는 그 과도기적 시들 가운데에서 『에어리얼』풍의 시들이 여기저기서 나타나기 시작했다. 그 시들에는 절박함과 자유와 힘이 있었고, 그 힘은 어머니의 작품에서는 완전히 새로운 것이었다. 1961년 10월에는 「달과 주목나무 The Moon and the Yew Tree」와 「작은 푸가 Little Fugue」가 나왔고, 1962년 4월에는 「현상 An Appearance」이 뒤를 이었다. 이 시점부터는 어머니가 쓰는 모든 시들에 독특한 『에어리얼』풍의 어조가 배어 있었다. 모두 위협적인 딴 세상 풍경의 시들이었다.

이것은 마음의 빛이다, 차갑고 행성처럼 떠도는.
마음의 나무들은 검다. 그 빛은 파랗고.
풀들은 내가 신이라도 되는 듯 내 발 위에 그들의 슬픔을
풀어놓는다.
......
다다를 곳이 어디인지 나는 전혀 알 수 없다.

「달과 주목나무」

그 뒤 1962년 4월 초에도 어머니는 「수선화들 사이에서 *Among the Narcissi*」와 「꿩 *Pheasant*」을 썼다. 차분하면서도 음울한 느낌을 주는 완벽한 시적 평정의 순간들, 즉 폭풍 전의 고요였다.

너는 오늘 아침 그걸 죽이겠다고 했지.
죽이지 마. 그건 아직도 나를 깜짝 놀라게 해,
쑥 내민 기묘하고 거무스름한 머리로 왔다 갔다 하면서

느릅나무 언덕의 베지 않은 풀들을 헤치고.

「꿩」

그 후 시들은 점점 더 빈번히 쓰이고 쉬워지고 광포해졌고, 그런 경향은 1962년 10월 절정에 달해서 그해에 어머니는 스물다섯 편의 주요 시들을 썼다. 가장 마지막 시들은 세상을 떠나기 전 엿새 동안에 쓰였다. 어머니는 독특한 『에어리얼』풍으로 된 총 칠십 편가량의 시들을 남겼다.

1962년 6월 아버지는 업무차 런던을 방문했다가 한 달 전

어머니에게 질투심을 불러일으킨 한 여성과 외도하기 시작했다. 아버지의 외도를 어떻게 알았는지는 모르겠지만, 어머니는 격분했다. 7월에 외할머니 아우렐리아가 장기간 체류를 위해 데번주에 있는 코트 그린에 와서 머물렀다. 코트 그린은 초가지붕에 검은색과 흰색의 벽토로 된 우리 집이었다. 아버지와 어머니 사이의 긴장은 점점 더 커져갔고, 9월에는 어머니가 겨울 동안 머물 수 있는 집을 알아보려고 두 분이 함께 골웨이로 여행을 떠났음에도 불구하고, 어머니는 별거를 제안했다. 10월 초 무렵 외할머니의 부추김으로(그분의 그런 노력을 어린아이였던 나는 똑똑히 목격했다) 어머니는 아버지에게 그 집에서 나갈 것을 명했다.

아버지는 런던으로 가서 처음에는 친구들과 있었고, 그 뒤 크리스마스 즈음에는 소호에 있는 아파트를 임대했다. 여러 해가 지난 뒤 아버지는 내게 말하길, 어머니가 겉으로는 그런 결정을 내렸지만 마음을 바꿀지도 모른다고 생각했다고 했다. "우린 그러려고 노력 중이었는데 네 엄마가 세상을 떠났어"라고 아버지는 말했다.

어머니는 골웨이에서 집을 얻지 않기로 결정하고, 1962년 12월에 나와 내 남동생을 데리고 런던으로 이사했고 아파트를 임대했다. 피츠로이 로드에 있는 그곳은 한때 예이츠의 집이었다. 아버지는 어머니가 세상을 떠날 때까지 거의 매일 우리를 보러 왔고, 때로 어머니가 자신을 위한 시간을 필요로 할 때에는 우리를 돌봐주기도 했다.

어머니는 세상을 떠나기 전 8주 동안 런던에 있었지만, 아버지는 데번주에 있던 집과 공동 은행계좌와 검은색 모리스 트래블러(그들의 차)를 어머니에게 맡겼고 양육비도 보내고 있었다. 어머니가 세상을 떠났을 때, 아버지에게는 장례식 비용을 댈 여유가 없어 할아버지 윌리엄 휴스가 부담했다.

아버지는 결국 1963년 9월에 나와 남동생을 데리고 데번주로 돌아갔고, 아버지의 누나 올윈이 파리에서 와서 우리를 돌봐주는 것을 도왔다. 고모는 2년간 우리와 함께 있었다. 아버지는 런던을 방문하면서 계속 '그 다른 여성'을 만났지만, 그 여성은 어머니가 죽은 뒤 2년 반 동안 대부분의 시간을 자기 남편과 계속 살았다.

부모님이 함께한 시간 동안 줄곧 어머니는 시를 쓰고 나면 아버지에게 보여주었다. 그러나 1962년 5월 이후 두 분의 불화가 심각해지기 시작하면서부터는 시들을 혼자 간직했다. 아버지는 그해 겨울 〈옵저버〉에 실린 「사건Event」을 읽었고, 자신들의 사적인 일이 시의 주제가 된 것에 크게 당황했다.

어머니는 『에어리얼』의 원고를 '사랑Love'이라는 단어로 시작해서 '봄Spring'이라는 단어로 끝나게 만들었다. 이는 분명 결혼생활이 파탄 나기 직전부터 새로운 삶의 결단에 이르기까지를 망라하고, 아울러 그사이에 겪은 극심한 고통과 분노를 담도록 의도된 것이다. 결혼생활의 파탄은 어머니의 다른 모든 고통까지 규정했고 그 고통에 방향을 부여했다. 그것은 시에 하나의 테마를 제시했다. 그러나 『에어리얼』의 목소리는 1961년 말과 1962년 초의 시들에도 이미 있었다. 그것은 마치 기다렸다는 듯 실행에

들어갔고, 실제로 꽉 움켜잡을 수 있는 하나의 주제를 발견했다. 그 원고는 나아가기 위해서 떨쳐내야 할 것들을 낱낱이 찾아내고 있었다. 예를 들어 1962년 6월에 쓴 「베르크 해변 *Berck-Plage*」은 그달에 있었던 이웃 퍼시 키의 장례식에 대한 시이지만, 어렸을 때 외할아버지 오토를 잃었던 쓰라린 고통과 얽혀 있기도 하다. 벌 전문가였던 외할아버지처럼 어머니와 아버지는 그해 여름 양봉가가 되었고, 그분의 존재는 미국판 『에어리얼』에 수록된 벌에 대한 다섯 편의 시(영국판에서는 네 편)에 스며들어 있다.

1962년 12월 어머니는 BBC 라디오 방송국으로부터 본인의 시 몇 편을 방송에서 읽어달라는 요청을 받았고, 방송을 위해 직접 소개 글을 썼다. 어머니의 해설은 건조하고 간결했으며, 자신을 작품 속의 한 등장인물로서 언급하지 않았다. 자신을 드러내었을지도 모르지만, 그 점을 직접 지적할 필요는 없었다. 나는 그 가운데 두 가지가 특히 좋다. "이다음 시에서 화자의 말馬은 쇄석이 깔린 언덕길을 느리고 내키지 않는 걸음으로 내려와 언덕 아래에 있는 마구간으로 가고 있습니다. 12월입니다. 안개가 자욱하고요. 안개 속에 양들이 있습니다." (「안개 속의 양들 *Sheep in fog*」, 어머니가 『에어리얼』의 시들과 함께 방송에 소개했던 작품 중 하나로, 원고의 차례 페이지에는 없다. 이 시는 1963년 1월에야 완성되었다. 아버지는 『에어리얼』 초판에 이 시를 넣었다.) 표제시에 대해서는 간단하게 이렇게 썼다. "또 다른 승마 시. 이 시는 제가 특별히 좋아하는 말의 이름을 따서 '에어리얼'이라는 제목을 붙였습니다."

이 소개 글들은 나를 미소 짓게 만든다. 이 글들은 이미지의
가장 날카로운 지점에 이를 때까지 깎여나가고 가공할 만한
기교로 전달된 시들에 대해 상상할 수 있는 가장 절제된 해설임에
틀림없다. 나는 이 글들을 읽으면서, 어머니가 자신의 시에
쏟아부은 응축된 에너지가 설명을 통해 약화되는 것을 꺼리면서,
충격과 놀라움을 줄 수 있는 그 시구의 힘을 지키려고 하는 모습을
상상한다.

『에어리얼』의 출판을 검토하면서 아버지는 딜레마에 빠졌다.
아버지는 어머니의 시들 중 일부에 어머니와 가까웠던 이들, 즉
자신, 외할머니와 외할아버지, 아버지의 삼촌 월터, 심지어
이웃들과 지인들까지 갈기갈기 찢어버리는 극단적 광포함이
있음을 잘 알고 있었다. 아버지는 그 책이 독자들을 멀어지게
하기보다는 그들에게 더 많이 받아들여질 수 있도록 책에 더
폭넓은 균형감을 부여하기를 바랐다. 아버지는 『에어리얼』의
원고가 완성된 이후에 쓰인 열아홉 편의 마지막 시들 중 일부는
공개되어야 한다고 느꼈다. "나는 그저 그것을 내 나름대로 가장
좋은 책으로 만들고 싶었을 뿐이다"라고 아버지는 내게 말했다.
아버지는 어머니의 많은 신작 시들이 그 극단적 성질 때문에
잡지사들로부터 거절당해왔다는 것을 알고 있었다. 어머니가
죽자 어머니의 작품들을 계속 가지고 있었던 편집자들이 서둘러
그것들을 발표했지만 말이다.

아버지는 다른 사람에게 더 큰 상처를 주는 일부 시들은
생략했다. 예를 들어 「레스보스 섬 *Lesbos*」은 미국판 『에어리얼』에는

수록되었지만 영국판에서는 제외되었다. 그 시에서 매우 사악하게 묘사된 커플이 콘월에 살고 있었고 그 시의 발표로 큰 상처를 입을 것이었기 때문이다. 「죽어 멈춰 있는*Stopped Dead*」은 아버지의 삼촌 월터를 언급하고 있기 때문에 제외됐다. 일부 시들은 이미 잡지에 발표되어 널리 알려지지만 않았더라면 아버지가 제외했을지도 모른다. 다른 시들, 가령 과도기적 시들인 「동방박사*Magi*」「불모의 여인*Barren Woman*」은 단순히 아버지가 그것들 대신 넣은 시들보다 더 약하다고 생각했기 때문에 생략했다. 벌에 대한 다섯 편의 시 중 한 편인 「벌떼*The Swarm*」는 원래 어머니가 작성한 차례에 들어 있기는 했지만 괄호가 쳐 있었고, 원고에 묶은 사십 편에는 들어 있지 않았다. 아버지는 미국판에서 그 시를 되살려놓았다.

원본 원고에는 있었지만 아버지가 뺀 시들은 다음과 같다. 「토끼 잡는 사람」「탈리도마이드*Thalidomide*」「불모의 여인」「비밀*A Secret*」「간수*Jailor*」「탐정*The Detective*」「동방박사」「다른 사람*The Other*」「죽어 멈춰 있는」「입 다물 용기*The Courage of Shutting-Up*」「퍼다*Purdah*」「기억상실증 환자*Amnesiac*」. (「레스보스 섬」은 1966년 미국판에는 수록되었지만, 1965년 영국판에는 들어가지 않았다.)

아버지가 출판을 위해 편집한 원고에 따로 넣은 시들은 다음과 같다. 「벌떼」「마리아의 노래*Mary's Song*」(미국판에만 수록), 「안개 속의 양들」「목 매달린 사람*The Hanging Man*」「작은 푸가」「세월*Years*」「뮌헨의 마네킹*The Munich Mannequins*」「토템*Totem*」「중풍 환자*Paralytic*」「풍선*Balloons*」「7월의 양귀비꽃*Poppies in July*」「친절*Kindness*」「타박상*Contusion*」「가장자리*Edge*」, 그리고 「말*Words*」. 「벌떼」는 원본

차례에는 있었지만 원고에는 포함되어 있지 않았다.

1981년 아버지는 어머니의 『시 전집』을 출간했고, 『에어리얼』 원고에 있던 차례를 그 책의 주註에 수록했다. 이로 인해 아버지의 배열은 공개적인 정밀 검토에 들어가게 됐고, 아버지는 『에어리얼』을 어머니가 남긴 모습 그대로 출간하지 않았다는 이유로 많은 비판을 받았다. 앞서 뺀 시들을 『시 전집』에 수록해 모두가 볼 수 있도록 했는데도 말이다.

아버지는 어머니의 작품이 표출한 분노의 주제들 중 하나였음에도 불구하고 어머니의 작품에 대해 깊은 경외감을 갖고 있었다. 아버지에게 어머니의 작품은 귀중한 것이었고, 그것을 돌보는 것을 찬사의 방법이자 책임으로 보았다.

그러나 어머니를 스스로 목숨 끊게 만든 통점은 낯선 사람들에게 넘겨졌고, 그들이 점유하면서 새로운 모습이 만들어졌다. 『에어리얼』이라는 시집은 내게는 어머니에 대한 이런 점유와 아버지에 대한 더 광범위한 비방을 상징하게 되었다. 마치 어머니의 시적 에너지로부터 점토를 떠내 어머니의 변형태들을 빚어내고 오로지 발명자들만을 되비추기 위해 그것들을 지어낸 것 같았다. 그들이 진짜 실제 내 어머니를 차지할 수 있기라도 한 것처럼. 그렇게 어머니는 다른 사람들의 마음속에서 더 이상 자신과 닮지 않은 한 여성이 되어 있었다. 나는 「레이디 라자로*Lady Lazarus*」와 「아빠」 같은 시들이 해부되고 또 해부되는 모습을 보았다. 어머니가 그 시들을 쓴 순간이 어머니의 온 생애에, 온 인격에 적용됐다. 마치 그 시들이 어머니의 경험의 총합인 것처럼.

아버지에 대한 비판은 어머니의 작품에 대한 저작권을 소유하고 있다는 이유로도 쏟아졌다. 저작권은 어머니가 죽자 아버지에게로 넘어갔고, 아버지는 그것을 나와 내 동생에게 직접 혜택이 돌아가도록 사용했다. 어머니는 자신이 남긴 시의 유산을 통해 계속해서 우리를 보살폈다. 그렇지 않기를 바라는 사람이 있다는 게 나로서는 이상한 일이었다.

어머니의 자살과 『에어리얼』의 출간 이후, 아버지에 대해 잔인한 글들이 많이 쓰였다. 나중에는 새어머니의 도움을 받기도 했지만, 조용히 그리고 애정을 기울여 (조금은 엄격하고 때로는 잘못하기도 했지만) 나를 길러준 사람과는 전혀 닮은 데가 없는 내용이었다. 아버지는 나를 떠난 어머니에 대한 기억이 줄곧 사라지지 않게 했고, 그래서 나는 어머니가 나를 내내 지켜보고 있으며 내 삶에 끊임없이 현존하고 있다고 느꼈다.

아버지의 『에어리얼』 편집은 어머니의 자살이 갖는 신성함을 '훼손한' 것으로 이해되는 듯했다. 마치 무슨 신처럼, 어머니와 연관된 모든 것은 경이로운 것으로 모셔지고 보존되어야만 하는 것인 양 말이다. 딸인 나로서는 어머니와 연관된 모든 것이 실로 경이로웠지만, 그건 아버지가 그렇게 보이도록 만들었기 때문이다. 아버지는 내가 어머니의 목소리를 다시 들을 수 있도록 어머니가 자신의 시를 낭독하는 음성 녹음본을 틀어주기까지 했다. 여러 해가 지나서야 나는 아버지의 온화하고 낙관적인 성품과 대조적으로 어머니에게 광포한 기질과 질투 성향이 있었으며, 아버지의 작품을 두 차례나 파기했다는 것을, 한 번은 찢어버리고 한 번은 불태웠다는 것을 알게 되었다. 나는 내 마지막 기억들에 덧붙여진, 어머니에 대한 완벽한 이미지가 얼마나 균형을 잃은 것이었는지를 깨닫고 크게 놀랐다. 그러나 어머니는 비범한 시인이었던 만큼 한 명의 인간이기도 했고, 나는 균형감을 되찾는 데에서 위안을 얻었다. 그리고 어머니를 이해하게 되었다. 격정의 분출은 예외였지 규칙이 아니었다. 집에서의 생활은 대체로 조용했으며, 부모님의 관계는 근면했고 다정했다. 그러나 나는 딸로서 어머니의 성품에 대한 진실을 알 필요가 있었다—아버지에 대해서도 그랬듯이. 나 스스로를 이해하는 데 도움이 되었기 때문이다.

그러나 어머니가 페미니스트의 아이콘으로 떠받들어진 진짜 이유가 그의 삶보다 자살 때문은 아닌지, 혹은 『에어리얼』의 악명이 단지 그것이 놀라운 원고여서가 아니라 '어머니가 죽었을 때' 책상 위에 놓여 있던 원고여서 그랬던 것은 아닌지 설령 내가 의심했다 하더라도, 2000년 런던에 있는 어머니의 집에 블루 플라크blue plaque가 부착되는 게 결정되었을 때는 그 의심들을 다 떨쳐버렸다. 블루 플라크는 잉글리시 헤리티지English Heritage가 한 개인의 업적이 다른 사람들의 삶에 기여한 것을 기리기 위해—그리고 그들이 살았던 장소에서 그들의 삶을 기리기 위해—부여하는 것이다. 처음에는 그 명판을 어머니가 자살한 피츠로이 로드 건물 벽에 부착해야 한다는 안이 제시되었고, 그 건물로 정해지면 내게 제막을 할 의사가 있는지에 대한 문의가 있었다. 잉글리시 헤리티지는 어머니가 그 주소지에서 최고의 작품을 썼다고 믿고 싶어했지만, 사실 어머니는 그곳에 8주밖에 있지 않았고, 열세 편의 시를 썼고, 아픈 두 아이를 간호했고, 자신도 병들어 있었고, 아파트에 가구를 들여놓고 실내장식을 했고, 그리고 스스로 목숨을 끊었다.

그래서 명판은 피츠로이 로드 대신 찰콧 스퀘어 3번지의 건물 벽에 부착됐다. 그곳에서 어머니와 아버지는 런던에서의 첫 번째 집을 가졌고, 그곳에서 두 분은 21개월을 살았으며, 그곳에서 어머니는 『벨 자Bell Jar』를 쓰고 『거상』을 출간했고, 나를 낳았다. 그곳이야말로 어머니가 진정으로 살았던 장소였고, 행복하고 생산적이었던—아버지와 함께—장소였다. 그러나 이에 대해 영국의 전 언론이 격분하고 나섰다. 심지어 제막식 당일에는 명판이 잘못 설치되었다고 우기는 한 남성이 길에서 내게 성큼 다가와 말을 걸기까지 했다. 그는 "그 명판은 피츠로이 로드에 있어야 합니다"라고 외쳤고, 신문들은 그의 말을 그대로 옮겼다. 나는 한 기자에게 왜 그래야 하는지 물었다. 그들은 "그곳이 당신 어머니가 최고의 작품을 쓴 곳이기 때문입니다"라고 답했다. 나는 어머니가 그곳에 8주밖에 있지 않았다고 설명했다. "그렇다면…… 그곳은 실비아 플라스가 혼자 아이를 키우는 어머니로 있었던 곳이기 때문이죠." 나는 그들에게 잉글리시 헤리티지가 블루 플라크로 싱글맘을 기리는 줄은 몰랐다고 말했다. 결국 그들은 자백했다. "그곳이 실비아 플라스가 죽은 곳이기 때문이에요."

나는 대답했다. "우리에겐 이미 묘비가 있습니다. 다른 묘비는 필요치 않아요."

나는 어머니의 죽음이 마치 상을 타기라도 한 것처럼 기념되는 것을 원치 않았다. 어머니의 '삶'이 축하받기를 원했다. 어머니가 실존했고 자신의 능력을 다해 살았고 행복하기도 했고 슬프기도 했고 고통에 시달리기도 했고 황홀해하기도 했다는 사실, 그리고 내 남동생과 나를 낳았다는 사실이 축하받기를 원했다. 나는 어머니가 놀라운 작품 활동을 했으며, 평생 자신을 끈질기게 따라붙은 우울증과 싸우기 위해 용감하게 노력했다고 생각한다. 어머니는 모든 정서적 경험을 천 조각처럼 사용했다. 그 조각들을 짜 맞춰 멋진 드레스를 만들 수 있다는 듯이. 자신이 느낀 그 어떤 것도 낭비하지 않았다. 그 격정적인 감정들이 통제가 될 때면 어머니는 믿을 수 없을 정도의 시적 에너지를 집중시키고 지휘하여 위대한 결과를 낼 수 있었다. 그리하여, 불안한 정서적 상태와 벼랑 끝 사이에서 아슬아슬하게 균형을 잡고 있었음에도 불구하고, 놀라운 성과인 『에어리얼』이 나왔다. 예술은 추락할 수 없었다.

인생의 특정 시기에 엄청난 정서적 혼란을 겪는 중에 어머니가 지녔던 통찰력과 경험을 표현하고 있는 이 『에어리얼』의 시들, 홀로 자신의 내적 힘들을 동력으로 사용했던 이 시들은 스스로를 대변한다.

마치 작가에 대해 대놓고 허구를 쓰는 것이 그 작가가 충분한 주목을, 아니 어떤 주목도 받지 못하게 하는 것처럼, 어머니의 삶을 문학적으로 허구화하는 것은 그가 실제로 살았던 삶을 패러디하는 것 말고는 어떤 목적도 달성할 수 없다. 마찬가지로 어머니에게 다시 생명을 불어넣을 수 있으리라는 기대 속에서 그의 이야기를 영화로 재창조한다고 해서 그 시들이 배우들의 입에 욱여넣어질 수는 없는 것이다. 죽은 이후, 어머니는 해부되고 분석되고 재해석되고 재창조되고 허구화되었으며, 어떤 경우에는 완전히 날조되기도 했다. 결국 이렇게 말할 수밖에 없다. 실비아 플라스 자신의 언어야말로 그를 가장 잘 묘사해주며, 시시각각 변하던 그의 기분은 그가 세상을 보았던 방식과 가차없는 눈으로 자신의 주제들을 붙잡았던 방식을 뚜렷하게 보여준다.

어머니가 그랬던 것처럼 이 시들이 담고 있는 삶과 관찰들이 시간 속에서 변하고 진화하고 나아갔음을 알게 되면, 각 시를 넓은 시야에서 보게 된다. 이 시들은 어머니의 삶에서 수년에 걸쳐 쓰인 다른 모든 글들을 발판으로 하고 있으며, 어머니의 내적 존재의 수많은 복잡한 층들을 가장 잘 보여준다.

어머니가 『에어리얼』을 자신의 마지막 책으로 남기고 세상을 떠났을 때, 어머니는 수년간, 그리고 후반에는 아버지의 도움까지 받아 갈고닦고 연습해온 목소리로 복수를 하려다 현장에서 발각됐다. 아버지는 그 희생자가 되기는 했지만, 결국에는 그것에 장악되는 것을 피하지 않았다.

새롭게 복원된 이 판본은 그 순간의 나의 어머니이다. 아버지의 편집으로 출간되었던 『에어리얼』의 기초이다. 두 개의 역사가 하나임에도 불구하고 각 판본은 각각의 의미를 갖는다.

1부

『「에어리얼」과 그 외 시들』

프리다와 니컬러스를
위해

아침 노래

사랑이 너를 퉁퉁한 금시계처럼 가도록 맞춰놓았지.
산파가 네 발바닥을 찰싹 때리자, 너의 꾸밈없는 울음소리는
세상의 원소들 사이에 제자리를 잡았다.

우리의 목소리가 메아리치며, 너의 도착을 널리 퍼뜨린다.
새로운 조각상
찬바람 들어오는 박물관에서, 네 알몸이
우리의 안전에 그림자를 드리운다. 우리는 벽처럼 우두커니
둘러서 있다.

나는 네 엄마가 아니란다
바람의 손에 자신이 서서히 지워지는 것을 비추기 위해
거울을 증류시키는 구름이 그러하듯.

밤새 네 나방 같은 숨결이
벽지의 분홍 장미들 사이에서 나풀거린다. 나는 깨어나
듣는다:
먼바다가 내 귓속에서 출렁인다.

한 번의 울음, 나는 침대에서 휘청거리며 일어난다. 암소처럼
무겁고 꽃같이
빅토리아풍 잠옷을 입고서.

네 입은 고양이 입처럼 가득 열린다. 창문의 네모가

하얗게 되며 흐릿한 별들을 삼키는구나. 그리고 이제 너는
몇 개의 음들로 소리를 내려고 한다:
선명한 모음들이 풍선처럼 솟아오른다.

배송원들

나뭇잎 접시 위 달팽이의 단어라고?
내 것이 아니야. 받지 마.

밀봉된 깡통에 든 초산이라고?
받지 마. 정품이 아니야.

태양이 박힌 금반지라고?
다 거짓말. 거짓말들과 슬픔.

나뭇잎 위의 서리, 얼룩 하나 없는
큰 솥이 말하며 타닥거리고 있다

혼자 아홉 개 검은 알프스의
모든 꼭대기에서,

거울들 속의 소란,
자신의 회색 거울을 산산이 부수는 바다——

사랑, 사랑, 나의 계절.

토끼 잡는 사람

그곳은 폭력의 장소였다——
바람은 흩날리는 내 머리카락으로 내 입을 틀어막고,
내 목소리를 찢고 있었다. 그리고 바다는
그 빛들로 내 눈을 멀게 하고, 죽은 것들의 생명이
그 속에서 풀려나왔다, 기름처럼 퍼지면서.

나는 가시금작화 덤불의 악의를 맛보았다,
그 검은 못들,
노란색 양초 같은 꽃들의 종부성사를.
그들은 효율성을, 대단한 아름다움을 가지고 있었다,
그리고 사치스러웠다, 고문하는 것처럼.

갈 곳은 단 한 곳뿐이었다.
끓어오르고, 향기를 풍기며,
길들은 좁아져 움푹 꺼진 곳에 이르렀다.
그리고 덫들은 거의 눈에 띄지 않았다——
0점들, 아무것도 잡지 못한 채,

가까이 죄어왔다, 산통産痛처럼.
날카로운 비명 소리의 부재는
무디운 날에 구멍을 만들었다, 텅 빈 곳을.
유리 같은 빛은 투명한 벽이었고,

덤불은 잠잠했다.

나는 소리 없는 분주함, 어떤 의도를 느꼈다.
나는 티 머그 주위의 손들이, 둔하게, 무디게,
하얀 도기를 에워싸는 것을 느꼈다.
그들이 어떻게 그를 기다렸지, 이 하찮은 죽음들이!
그들은 연인처럼 기다렸다. 그를 흥분시켰다.

그리고 우리도 관계가 있었다──
우리 사이의 촘촘한 철조망,
너무 깊이 박혀 뽑을 수 없는 못들, 그리고 둥근 고리 같은
마음
재빠른 무언가에 미끄러지듯 달렸다,
나를 죽이려 바짝 조여오는 느낌도 마찬가지.

탈리도마이드°

오 반달——

반쪽 뇌, 광채——
흑인, 백인 같은 가면을 쓴,

너의 어둡게
절단된 사지가 가만히 기어와 간담을 서늘하게 한다——

거미 다리 같고, 안전하지 않다.
어떤 장갑

어떤 가죽같이 질긴 것이
보호했나

나를 저 그림자로부터——
지울 수 없는 싹들,

어깨뼈에 붙은 손가락 마디들, 그
얼굴들이

존재를 향해 밀치고 나간다,
축 늘어진

부재의 피투성이 양막을 질질 끌고서.
밤새 나는 목수처럼 만든다

내게 주어진 것을 위한 공간을.
사랑

젖은 두 눈과 날카로운 비명 소리의 사랑을.
무관심의

하얀 침묵唾!
어두운 열매들이 빙빙 돌며 떨어진다.

유리가 쩍 금이 간다.
그 이미지는

떨어진 수은주처럼 달아나고 유산된다.

◦ 탈리도마이드는 1957년에 독일에서 만들어진 신경안정제이다. 임산부들의
입덧을 줄이는 데 효과가 있어 유럽에서 널리 사용되었다. 그러나 곧 이 약을 복용한
임산부들이 팔다리가 없는 기형아들을 출산하는 것으로 밝혀져 큰 사회문제가
되었다.

지원자

먼저, 당신은 우리가 찾고 있는 부류의 사람인가요?
당신은 이런 게 있나요
유리 의안, 의치나 목발,
치열 교정기나 갈고리 손,
고무 젖가슴이나 고무 가랑이,

무언가를 잃었음을 보여주는 꿰맨 자국이? 없다고요,
없어요? 그럼
우리가 어떻게 당신에게 뭘 줄 수가 있겠어요?
그만 울어요.
손을 펴보세요.
비어 있나요? 비어 있네요. 여기 손 하나가 있어요

당신 손을 채워주고 기꺼이
찻잔을 날라주며 두통을 가시게 해주죠
그리고 당신이 말하는 건 뭐든 다 해줍니다.
그것과 결혼하시겠어요?
장담컨대 이 손은

마지막에 당신 눈을 엄지로 감겨주고
슬픔을 녹여줄 거예요.
우리는 소금에서 새 제품을 만들어내죠.

당신이 완전히 알몸인 걸 알겠네요.
이 정장은 어때요——

검은색이고 빳빳하지만, 몸에 안 맞는 건 아니죠.
그것과 결혼하시겠어요?
방수에다, 잘 찢기지도 않고, 불도
지붕을 뚫을 폭탄들도 잘 견뎌낸답니다.
나를 믿어보세요, 당신은 땅에 묻힐 때에도 그걸 입고 있을
거예요.

지금 당신의 머리는, 실례지만, 비어 있군요.
이 경우에 적당한 게 있어요.
이리 와봐, 얘야, 옷장에서 나오렴.
자, 저것에 대해 어떻게 생각하세요?
처음 펼친 종이처럼 아무것도 없지만

이십오 년 안에 그녀는 은이 될 거예요,
오십 년이면, 금.
살아 있는 인형이죠, 어느 모로 보나.
그것은 바느질을 할 수 있어요, 요리도 할 수 있고,
그것은 말을 할 수도 있어요, 말, 말을.

그것은 일도 해요, 아무 이상 없어요.

당신에게 구멍 난 상처가 있으면, 그것은 습포제가 될 거예요.

당신에게 눈이 하나 있으면, 그것은 이미지가 되어주죠.

이봐요, 그것은 당신의 마지막 안식처예요.

그것과 결혼하시겠어요, 결혼 말이에요, 결혼.

불모의 여인

텅 비어 있어, 나는 가장 작은 발소리에도 울린다.
기둥들, 주랑柱廊 현관들, 둥근 천장의 홀들로 웅장하지만,
조각상이 없는 박물관처럼.
나의 안뜰에서는 분수가 솟아올랐다 제자리로 떨어진다.
수녀 같은 마음으로, 세상일에 깜깜한 채. 대리석 백합들이
자신의 창백함을 향기처럼 발산한다.

나는 위대한 민중과 함께한다고 상상한다.
하얀 니케와 눈이 밋밋한 몇몇 아폴로들의 어머니라고.
하지만, 죽은 자들이 관심으로 나를 상처 입힌다, 그래서 아무
일도 일어날 수 없다.
달이 내 이마에 손을 얹는다,
간호사처럼 무표정하고 말없이.

레이디 라자로°

나는 그 일을 다시 해냈다.
십 년마다 한 번
나는 그 일을 용케도 해낸다——

일종의 걸어 다니는 기적, 내 살갗은
나치의 전등갓°°처럼 환하고,
내 오른발은

문진文鎭,
내 얼굴은 특색 없는, 고운
유대인 아마포.

냅킨을 벗겨보시지
오 나의 원수여.
내가 무서운가?——

코, 눈구멍, 아래윗니 전부?
시큼한 입 냄새는
하루면 사라질 것이다.

곧, 곧
무덤 동굴이 먹어치운 살은

내게 돌아와 있을 것이다.

그리고 나는 미소 짓는 여자.
나는 겨우 서른 살이다.
그리고 고양이처럼 아홉 번 죽을 수 있다.

이번이 세 번째.
무슨 쓰레기를
십 년마다 없애야 하나.

백만 개나 되는 필라멘트라니.
땅콩을 씹어대는 군중이
서로 밀치고 들어온다

그것들이 내 손과 발에서 풀려나는 걸 보려고——
대단한 스트립쇼.
신사, 숙녀 여러분

이것들은 내 손이고
내 무릎입니다.
나는 살갗과 뼈뿐인지도 모르지요,

그렇다 하더라도, 나는 똑같은, 바로 그 여자입니다.
처음 그 일이 일어났을 때 나는 열 살이었죠.
그건 사고였어요.

두 번째에 나는 작정했죠
끝까지 해내서 절대 돌아오지 않겠다고.
나는 꽉 닫친 채 흔들렸어요

조가비처럼.
그들은 부르고 또 불러야 했죠
그리고 달라붙어 있는 진주를 떼내듯 내게서 벌레들을 떼내야
했어요.

죽는다는 건
하나의 예술이죠, 다른 모든 것처럼.
나는 그걸 유난히 잘합니다.

그게 지옥같이 느껴질 정도로 그걸 해냅니다.
그게 현실같이 느껴질 정도로 그걸 해냅니다.
내 천직이라고 말하셔도 될 것 같군요.

독방에서 그걸 하는 건 꽤나 쉽습니다.

그걸 하고 가만히 있는 건 꽤나 쉽습니다.
그것은 연극같이

백주대낮에 되돌아오는 것이죠
똑같은 장소, 똑같은 얼굴, 똑같은 잔인함에로
명랑한 외침:

'기적이다!'
그게 나를 나가떨어지게 합니다.
요금이 있어요

내 흉터들을 보는 데는, 요금이 있습니다
내 심장 소리를 듣는 데도——
그게 정말 뛰고 있네요.

그리고 요금이 있습니다, 아주 비싼 요금이
말 한 마디나 한 번 만지는 것
또는 약간의 피에도

또는 머리카락 한 가닥이나 내 옷 한 자락에도.
그러니, 그러니, 의사 양반.
그러니, 원수 양반.

나는 당신의 작품이고,
나는 당신의 귀중품이며,
순금純金의 갓난아기죠

녹아내리며 비명을 지르는.
나는 몸부림치며 불탑니다.
내가 당신의 큰 관심을 과소평가한다고 생각하진 마세요.

재, 재──
당신은 찔러보고 휘젓지요.
살, 뼈, 거기엔 아무것도 없습니다──

비누 한 개,
결혼반지 하나,
이를 때운 금 조각.

하느님 양반, 악마 양반
조심하세요
조심하세요.

재 속에서

나는 빨간 머리를 하고 일어납니다
그리고 남자들을 공기처럼 먹어치우죠.

○   라자로(Lazarus)는 요한복음에 등장하는 인물이다. 죽어서 장사를 치른 후 4일
만에 예수가 기적을 일으켜 다시 살려주었다.

∞   제2차 세계대전 당시 나치의 유대인 강제수용소에서는 유대인의 피부로
전등갓을 만들었다는 이야기가 있다.

튤립

튤립들은 너무 흥분을 잘하고, 여기는 겨울입니다.
보세요, 모든 것이 얼마나 하얗고, 조용하고, 눈 속에 갇혀
있는지.
나는 조용히 혼자 누워, 평화로움을 배우고 있습니다
빛이 이 흰 벽들, 이 침대, 이 두 손에 드리워져 있거든요.
나는 아무도 아닙니다; 나는 폭발들과 아무 상관 없습니다.
내 이름과 입고 온 옷은 간호사에게 내주었고
내 병력은 마취과 의사에게, 내 몸은 외과 의사에게
내주었어요.

그들은 내 머리를 베개와 시트의 덧단 사이에 받쳐놓았죠
닫히지 않을 두 개의 흰 눈꺼풀 사이에 있는 눈처럼 말이에요.
멍청한 눈동자, 모든 것을 담아둬야 한다니.
간호사들이 지나가고 또 지나갑니다. 그들이 문제가 되진
않아요.
그들은 흰 캡을 쓰고서 갈매기들이 내륙을 지나가듯
지나가죠,
손으로는 일을 하면서, 이 간호사나 저 간호사나 똑같이,
그래서 얼마나 많이 있는지 말해드릴 수 없겠네요.

내 몸은 그들에겐 조약돌, 그들은 내 몸을 보살펴줍니다. 물이
조약돌들 위로 흘러넘치며 부드럽게 쓰다듬듯이.

그들은 빛나는 주삿바늘로 나를 마비시키고, 나를
잠재웁니다.
　지금 나는 길을 잃었고 짐 가방이라면 신물이 나요——
에나멜가죽의 내 작은 여행 가방은 검은 알약통 같고,
남편과 아이는 가족사진 속에서 웃고 있어요;
그 미소가 내 살에 박힙니다, 미소 짓는 작은 낚싯바늘처럼.

　나는 모든 것을 놓아주었어요, 서른 살 된 화물선이
고집스럽게 내 이름과 주소를 붙들고 있군요.
그들은 나와 정답게 얽혀 있는 것들을 깨끗이 닦아냈어요.
겁에 질린 채 알몸으로 초록색 플라스틱 베개가 달린 운반용
침대에 누워
나는 보았어요, 내 찻잔 세트와 내 속옷 장과 내 책들이
시야에서 사라지는 것을, 그리고 물이 내 머리 위로 차올랐죠.
나는 이제 수녀입니다, 이렇게까지 순결했던 적은 없었어요.

　어떤 꽃도 필요 없었어요, 내가 다만 원한 건
두 손을 위로 향하게 한 채 누워서 완전히 비워지는 것.
얼마나 자유로운지, 당신은 모를 거야, 얼마나
자유로운지——
평화로움이 너무 커서 당신을 멍하게 할 정도이고요,
그것은 아무것도 요구하지 않아요, 이름표 하나, 시시한

장신구 몇 개.

　그것은 죽은 자들이 다가가고 있는 것이죠, 결국; 나는
상상합니다

　그들이 평화로움을 성찬식 알약처럼, 입에 넣고 다무는
모습을.

　튤립들은 무엇보다도 너무 빨갛죠, 내게 상처를 줘요.

　포장지 사이로도 그들이 숨 쉬는 걸 들을 수 있어요

　무시무시한 아기처럼, 흰 강보 사이로, 가볍게.

　그들의 빨간색이 내 상처에 말을 걸어요, 상처는 호응합니다.

　그들은 묘합니다: 떠다니는 듯 보이지만, 나를 짓누릅니다,

　느닷없이 내민 혀들과 색깔로 나를 뒤흔들며,

　내 목둘레에는 빨간 납으로 된 추 열두 개.

　이전엔 아무도 나를 쳐다보지 않았지만, 지금 나는
주시당하고 있습니다.

　튤립들이 내게로 고개를 돌려요, 내 뒤의 창문도요

　거기선 하루에 한 번 햇빛이 천천히 넓어졌다가 천천히
가늘어집니다,

　그리고 나는 태양의 눈과 튤립들의 눈 사이에서 나 자신을
봅니다

　밋밋하고, 우스꽝스럽고, 오려놓은 종이 그림자 같은 나를,

그리고 나는 얼굴이 없어요, 나 자신을 지워버리고 싶었어요.
생생한 튤립들이 내 산소를 먹어치웁니다.

그들이 오기 전 공기는 무척 고요했어요,
법석 떨지 않고, 숨결을 따라, 왔다 갔다 했죠.
그러다 튤립들이 시끄러운 소음처럼 공기를 가득 채웠어요.
이제 공기가 그들에 부딪혀 소용돌이쳐요, 강물이
가라앉아 붉게 녹슨 엔진에 부딪혀 소용돌이치듯.
그들이 내 주의를 집중시켜요, 행복했었는데
얽매이지 않고 놀고 쉴 수 있어서.

벽들도 데워지는 것 같아요.
튤립들은 위험한 동물처럼 철창 속에 갇혀 있어야 합니다:
거대한 아프리카 고양이의 입처럼 벌어져 있으니까요,
그리고 나는 내 심장을 의식하고 있어요: 그건 나에 대한
순수한 사랑으로
빨간 꽃들의 사발을 열었다 닫았다 해요.
내가 맛보는 물은 따뜻하고 소금기가 있어요, 바닷물처럼,
그리고 건강처럼 머나먼 나라에서 옵니다.

비밀

비밀! 비밀!
얼마나 거만한지.
너는 파랗고 커다랗다, 교통경찰이다,
한 손바닥을 들어올리는——

우리 둘의 차이는?
나는 눈이 하나, 너는 두 개.
비밀이 네 위에 찍혀 있다,
희미한, 물결 모양의 워터마크로.

검은 탐지기에 그것이 나타날까?
그것이 흔들리고, 지울 수 없고, 진짜라는 게
밝혀질까
에덴의 녹지에 있는 아프리카 기린.

모로코 하마를 통해서?
그들이 사각형의, 빳빳한 주름 테두리° 안에서 빤히 쳐다본다.
그들은 수출용이다.
하나는 바보, 다른 하나도 바보.

비밀! 최고급 호박빛
브랜디가 손가락 홰에

앉아 '너, 너' 하고 속삭인다
원숭이들 말고는 아무것도 비치지 않는 두 눈 뒤에서.

꺼내 들 수 있는 칼 한 자루
손톱을 깎기 위해서,
때를 벗겨내기 위해서.
'해치진 않을 거야.'

사생아로 태어난 아기――
저 크고 파란 머리!
옷장 서랍 안에서 어떻게 숨을 쉬는지.
'저거 란제리니, 귀염둥이?

'소금에 절인 대구 냄새가 난다,
사과에 정향 몇 개를 찔러넣고,
향주머니를 만들거나
그 개자식을 없애버리려무나.

그것도 함께 없애버려.'
'아뇨, 아뇨, 그건 거기서 행복해요.'
'하지만 그건 알려지고 싶어해!
봐, 봐! 기어나오고 싶어하잖아.'

맙소사, 마개가 열린다!
콩코르드 광장의 자동차들——
조심해!
우르르, 우르르 몰려나와——

빙빙 도는 경적들, 그리고 쉰 목소리들의 정글.
터져버린 흑맥주 병,
무릎 위 흐느적거리는 거품.
너는 비틀거리며 나온다,

난쟁이 아기,
네 등에 꽂힌 칼
'나는 기운이 없어.'
비밀이 샌다.

○ 편지에 붙은 우표의 가장자리.

간수

내가 밤에 흘린 땀은 그의 아침 식사를 기름지게 한다.
어제와 똑같은 푸른 안개의 현수막이 흘러 들어온다
같은 나무들과 묘비들이 서 있는 자리로.
그게 그가 생각해낼 수 있는 전부인가,
열쇠들의 쩔그렁거림이?

나는 약에 취해 강간당했다.
일곱 시간 동안 정신이 나가
검정 자루 속에 들어 있다
그곳에서 나는 나른해진다, 태아나 고양이처럼,
그의 몽정의 방편이 되어.

무언가 사라진다.
내 수면제, 나의 빨갛고 파란 체펠린 비행선이
나를 끔찍한 고도에서 떨어뜨린다.
껍질이 박살난 채,
나는 새들의 부리 쪽으로 흩어진다.

오, 작은 나사송곳들──
이 종잇장 같은 하루는 어떤 구멍들로 벌써 가득 차 있는가!
그는 나를 담뱃불로 계속 지지고 있다,
내가 분홍색 발을 가진 흑인 여자라도 되는 것처럼.

나는 나 자신이다. 그것으로는 충분치 않다.

열이 내 머리카락으로 조금씩 새어 나오며 굳어간다.
내 갈비뼈가 드러난다. 나는 뭘 먹었던 거지?
거짓말들과 미소들.
분명 하늘은 저런 색이 아니고,
분명 풀밭은 물결쳐야만 한다.

온종일, 불탄 성냥개비들을 붙여 교회를 만들면서,
나는 전혀 다른 사람을 꿈꾼다.
그리고 그는, 이러한 전복 때문에
내게 상처를 준다, 그는
속임수의 무기고를 가졌다.

그가 쓴 기억상실증이라는 고도의, 차가운 가면들.
어떻게 내가 여기에 와 있지?
불확정 범죄자.
나는 다양한 방법으로 죽는다──
목매달려, 굶어서, 불타서, 갈고리에 걸려서.

나는 상상한다
그는 멀리서 들리는 천둥처럼 무력하다고,

그의 그림자 안에서 나는 내게 할당된 유령을 먹어치웠다.
그가 죽거나 사라졌으면.
그것은 불가능한 일인 듯 보인다.

자유롭게 되는 것. 어둠이 뭘 하겠어
먹어치울 열병이 없다면?
빛이 뭘 하겠어
찌를 눈이 없다면? 그가 뭘
하겠어, 하겠어, 하겠어, 내가 없다면.

베인 상처
수전 오닐 로°를 위하여

얼마나 스릴 넘치는지 ──
양파 대신 내 엄지손가락.
윗부분이 거의 다 잘려나갔군
겨우 남아 경첩 노릇을 하는

살갗,
모자챙처럼 늘어져 있고,
죽은 듯 창백하다.
곧이어 저 붉은 플러시 천.

작은 순례자,
인디언의 도끼로 벗겨진 네 머리 가죽.
칠면조 볏 같은
네 융단이 펼쳐진다

심장에서 곧장.
나는 그걸 밟고 서서,
내 분홍 샴페인 병을
움켜쥔다.

축하연이다, 이것은.
갈라진 틈에서

백만 병정들이 달려나온다,
붉은 외투를 입고서, 모두 다.

그들은 누구 편이지?
오 나의
호문쿨루스들°°이여, 나는 아프다.
나는 알약을 먹었다, 얇은

종잇장 같은 기분을
없애려고.
파괴 공작원,
가미카제 특공대원——

너의 K.K.K단 거즈
바부시카°°° 두건에
묻은 얼룩이
거뭇해져 변색되고

둥글게 뭉친
네 심장의 연한 덩어리가
그 작은 침묵의 제분기와
마주할 때

너는 얼마나 소스라치는지——
두개골을 절개한 노병老兵,
더러운 소녀,
몽당 엄지손가락.

◦   수전 오닐 로(Susan O'Neill Roe)는 실비아 플라스가 세상을 떠나기 전 몇 달 동안 아이들을 돌봐주던 보모이다.

◦◦   호문쿨루스(Homunculus)는 라틴어로 '작은 인간'을 뜻한다. 이 단어는 중세 유럽에서 인간의 정액 속에 있는 완전한 형태의 작은 인간을 가리키는 용어였다. 이후 작은 인조 인간을 뜻하는 말로 쓰였다. 괴테의 「파우스트」에도 등장한다.

◦◦◦   바부시카(Babushka)는 러시아 여성들이 머리에 쓰던 스카프이다. 턱 밑에서 묶어 사용한다.

느릅나무

(루스 페인라이트°를 위하여)

나는 밑바닥을 안다, 그녀가 말한다. 나는 내 크고 곧은
뿌리로 그것을 안다:
  그건 당신이 두려워하는 것이지.
  나는 두렵지 않다: 거기 가본 적이 있거든.

  당신이 내 안에서 듣는 것은 바다인가,
  바다의 불만들?
  아니면 아무도 목소리를 내지 않았는데, 그건 당신의
광기였나?

  사랑은 그림자다.
  그것을 쫓아가며 당신이 얼마나 거짓말하고 울부짖었는지
  들어보라: 이것들은 사랑의 발굽이다: 사랑은 말처럼
가버렸다.

  밤새도록 나는 이렇게 질주하리라, 맹렬하게,
  당신 머리가 돌이 되고, 당신 베개가 작은 잔디가 될 때까지,
  메아리치며, 메아리치며.

  아니면 당신에게 독毒의 소리를 가져다줄까?
  지금 이건 비다, 이 커다란 쉿 소리.
  그리고 이것은 비의 열매: 푸른 기 감도는 흰색, 비소처럼.

나는 일몰의 잔학함을 겪어왔다.
뿌리까지 그을린 채
내 붉은 필라멘트들이 타오르며 서 있다, 전선들로 된 손이.

이제 나는 산산조각 나서 곤봉들처럼 날아다닌다.
그런 난폭한 바람은
어떤 방관도 용납하지 않을 것이다: 나는 비명을 질러야 한다.

달, 그 또한 무자비하다: 그녀는 나를 끌어당기겠지
잔인하게, 불모가 되도록.
그녀의 광채가 내게 상처를 준다. 아니 어쩌면 내가 그녀를
붙들었는지도 모르지.

나는 그녀가 가도록 내버려둔다. 가도록 내버려둔다
절제수술한 뒤처럼, 줄어들고 납작해진 채로.
당신의 악몽들이 얼마나 나를 사로잡고 내게 기부를
해대는지.

내 속에는 울음이 살고 있다.
밤마다 울음은 날개를 퍼덕이며 나와
자신의 갈고리들로, 사랑할 무언가를 찾는다.

나는 이 어두운 것이 무섭다

내 안에 잠들어 있는 그것 :

온종일 나는 그것의 부드럽고 깃털 같은 회전, 그것의 악의를
느낀다.

구름이 지나가고 흩어진다.

저것이 사랑의 얼굴인가, 저 창백하고 돌이킬 수 없는
것들이?

내가 저런 것 때문에 내 심장을 휘저었단 말인가?

더는 알 도리가 없다.

이건 뭔가, 이 얼굴은?

그것이 가지들로 목을 죄는데도 그토록 살기등등하다니——

그것의 뱀 같은 산酸들이 쉬익 소리를 낸다.

그것은 의지를 돌로 만든다. 이것들은 끊어져 서서히
나타나는 단층들이다

죽이고, 죽이고, 죽이는.

○   루스 페인라이트(Ruth Fainlight)는 미국에서 태어나 영국에서 활동한 여성 시인이자 번역가이다. 실비아 플라스는 죽기 전 몇 년 동안 그와 가깝게 지냈다.

밤의 춤

웃음이 풀밭에 떨어졌다.
돌이킬 수 없이!

그리고 네 밤의 춤들은 얼마나
몰두할까. 수학에?

그런 순수한 도약과 나선형의 회전——
확실히 그것들은 여행한다

세계를 영원히, 나는 아름다움을
비워둔 채 앉아 있지만은 않을 거야,

네 작은 숨결의 선물, 네 잠의 흠뻑 젖은
풀 냄새, 백합들, 백합들.

그것들의 잎살은 아무 관계가 없다.
자아의 냉정한 접힘들, 칼라 꽃과는,

그리고 자신을 아름답게 꾸미는, 참나리°——
반점들, 그리고 타는 듯한 꽃잎들의 펼쳐짐과는.

혜성들은
가로질러 갈 그런 공간이 있고,

그런 냉정함, 망각이 있다.
그렇게 너의 몸짓들은 사라진다──

따뜻하고 인간적인 몸짓들, 그 뒤에 그것들의 분홍색 빛은
피 흘리고 살갗이 벗겨진다

천국의 깜깜한 기억상실증을 통과하며.
어째서 내게로 왔을까

이 램프들, 이 행성들은
축복처럼,

육면체의, 흰 눈송이처럼
내 눈, 내 입술, 내 머리카락 위로 떨어지고

닿아서 녹는다.
아무 데도 없다.

○ '칼라 꽃'으로 번역한 'the calla'와 '참나리'로 번역한 'the tiger'는 백합의 일종을 말한 것으로 보인다. 칼라 꽃은 영어로 'calla lily', 참나리는 'tiger lily'로 부르기도 한다.

탐정

그녀는 무엇을 하고 있었죠?

그것이 일곱 개의 언덕, 붉은 밭, 푸른 산을 넘어 불쑥
찾아왔을 때 말이죠.

컵을 정리하는 중이었나요? 이건 중요합니다.

창가에서 귀를 기울이고 있었나요?

저 골짜기에서 기차의 비명이 갈고리에 걸린 영혼처럼 울려
퍼진다.

저건 죽음의 골짜기다. 암소들이 잘 자라긴 하지만.

그녀의 정원에서는 거짓말들이 축축한 비단을 털어 말리고
있었고

살인자의 두 눈은 민달팽이처럼 움직이며 곁눈질하고 있었다.

손가락들, 그 이기주의자들을 똑바로 볼 수 없어서.

그 손가락들은 한 여자를 벽 속으로 짓이겨 넣고 있었다.

시체를 파이프 속에 눌러 담듯, 그리고 연기가 피어올랐다.

이것은 세월이 타는 냄새다, 여기 부엌에서,

이것들은 속임수다, 가족사진처럼 압정으로 붙여놓은,

그리고 이건 한 남자다, 그의 미소를 보라,

살인 무기인가? 아무도 죽지 않았다.

집 안에는 시체가 없다.

광택제 냄새가 있고, 플러시 카펫이 있다.
칼날들을 가지고 노는 햇빛이 있다,
라디오가 친척 노인네같이 혼잣말을 하는
붉은 방 안에서 따분해하는 불량배처럼.

그건 화살같이 왔나요, 그건 칼같이 왔나요?
그건 어떤 독毒인가요?
어떤 신경위축제, 경련제인가요? 감전시켰나요?
이건 시체가 없는 사건이군.
시체가 도무지 나오질 않는다.

그건 증발 사건이다.
먼저 입이었다, 그것의 부재가 보고된 건
그 이듬해. 입은 만족할 줄 몰랐고
그 벌로 매달려 있었다
쪼그라들며 말라가는 갈색 과일처럼.

그다음으로는 젖가슴.
이건 더 단단했다, 두 개의 하얀 돌.
젖이 노랗게 나오다가, 물처럼 푸르고 달콤해졌다.
입술이 사라지는 일은 없었다, 두 아이가 있었다,
그러나 그들의 뼈가 드러났고, 달이 미소 지었다.

그런 다음 마른 목재, 대문들,
어머니 같은 갈색 경작지, 소유지 전체.
날아갈 것 같은 기분이지 않나, 왓슨.
인산으로 방부처리 된 달이 있을 뿐이네.
나무에는 까마귀 한 마리가 있을 뿐이고. 기록해두게.

에어리얼

어둠 속의 정지.
곧이어 바위산과 먼 곳들의
실체 없는 파란 쏟아짐.

신의 암사자,
우리는 하나가 되어가는구나,
뒷발굽과 무릎의 축으로!—밭고랑이

갈라지며 지나간다,
내가 붙잡을 수 없는 그 목의
갈색 아치와 자매가 되어,

까만 눈의
산딸기들이 어둠의
갈고리를 던진다——

입안 가득 검고 달콤한 피,
그림자들.
다른 무언가가

공기를 헤치며 나를 끌고 간다——
넓적다리들, 털:

내 발뒤꿈치에서 떨어지는 파편들.

순백의
고다이바Godiva, 나는 벗는다——
죽은 손들, 죽은 엄격함들을.

그리고 이제 나는
포말로 흩어져 밀이 되고, 바다의 반짝거림이 된다.
아이 울음소리가

벽에서 녹는다.
그리고 나는
화살이다,

날아드는 이슬이다
자살하듯, 질주와 한 몸이 되어
붉은

눈眼 속으로, 아침의 큰 솥으로.

죽음 주식회사

두 사람. 물론 두 사람이 있다.
이제 완벽하게 자연스러워 보인다——
결코 위를 쳐다보지 않는 한 사람, 블레이크의 눈처럼
눈꺼풀 덮인 불룩한 눈으로,
그가 전시하고 있다

그의 트레이드마크인 반점들을——
물에 덴 흉터 자국,
콘도르 독수리 맨살의
푸른 녹을.
나는 붉은 고깃덩이다. 그의 부리가

옆에서 툭툭 친다: 나는 아직 그의 것이 아니다.
그는 내가 얼마나 사진발을 안 받는지 내게 말한다.
그는 병원 냉동실에 있는 갓난아기들이
얼마나 귀여워 보이는지
내게 말한다. 목에 달린

수수한 프릴에 대해,
그런 다음 그들이 입은 이오니아식 수의의
세로 주름들에 대해,
그다음엔 조그만 두 발에 대해.

그는 웃지도 않고 담배를 피우지도 않는다.

다른 한 사람은 그렇지 않다,
그의 머리카락은 길고 그럴싸하다.
반짝이는 것에 수음하는
개자식,
그는 사랑받고 싶어한다.

나는 꼼짝도 하지 않는다.
서리는 꽃이 되고,
이슬은 별이 된다.
죽음의 종소리,
죽음의 종소리.

누군가 당했군.

동방박사

추상적인 개념들이 굼뜬 천사처럼 공중을 맴돈다:
그 갸름한 얼굴의 에테르 같은 빈 곳을 지배하는
코나 눈만큼 저속한 것도 없다.

그들의 순백색은 세탁된 옷이나
눈, 백묵 그런 것들과는 아무 상관이 없다. 그들은
실재하는 것이다, 나무랄 데 없이: 선, 진리——

끓인 물처럼 유익하고 순수하며,
구구단처럼 매정한 것.
반면에 아이는 미지의 어딘가를 향해 미소 짓는다.

세상에 온 지 여섯 달, 그리고 이 여자아이는
푹신한 해먹처럼 네 발로 흔들거릴 수 있다.
이 아이에게, 아기 침대를 따라다니는

악이라는 무거운 개념도 배앓이보다 심각하진 않지,
그러니 젖을 먹이는 엄마를 사랑하라, 이론이 아니라.
그들은 자신들의 별을 잘못 알았다, 종잇장 같은 이 신의
사람들은.

그들은 램프 같은 머리가 달린 플라톤의 구유를 원한다.

부디 그들의 공덕으로 플라톤의 심장을 깜짝 놀라게 하기를.
어떤 소녀가 그런 무리 속에서 잘 자란 적이 있었나?

레스보스 섬

부엌의 사악함!
감자가 쉬익 소리를 지른다.
모든 게 할리우드다, 창문 하나 없고,
끔찍한 편두통처럼 형광등이 켜졌다 꺼졌다 움찔댄다,
문마다 덧댄 눈에 띄지 않는 가느다란 종잇조각들——
무대 커튼들, 과부의 곱슬머리.
그리고 나, 사랑은 병적인 거짓말쟁이다.
그리고 내 딸아이, 그애를 봐, 바닥에 얼굴을 떨구고 있다,
실이 늘어진 작은 꼭두각시 인형처럼, 사라지라고
발길질하지——
그애가 어째서 정신분열증 환자인지,
빨갛고 하얀 그애의 얼굴, 공포.
너는 아이의 새끼 고양이들을 창밖으로 던져버렸다
시멘트 우물 같은 곳에
거기서 고양이들은 똥을 싸고 토하고 울지만 아이는 듣지
못한다.
너는 그애를 참을 수 없다고 말한다,
그 후레자식은 계집애야.
목소리들과 역사를 지워버린
고장난 라디오처럼 관譽들을 불어대는 너,
새로운 것의 전파 잡음.
너는 내가 그 새끼 고양이들을 익사시켜야 한다고 말한다.

그것들의 냄새라니!

　너는 내가 딸아이를 익사시켜야 한다고 말한다.

　그애가 두 살인데도 미쳤다면, 열 살에는 자기 목을 딸
거라며.

　갓난아기가 방긋 웃는다, 통통한 달팽이처럼,

　광택 나는 오렌지색 리놀륨의 마름모꼴들 위에서.

　너는 그애를 먹어치울 수 있을 텐데. 갠 사내아이거든.

　너는 네 남편이 아무 쓸모 없다고 말한다,

　그의 유대인 엄마는 아들의 달콤한 성性을 진주처럼 지키고
있다.

　너는 애가 하나고, 나는 둘이다.

　나는 콘월 앞바다 바위에 앉아 머리를 빗어야겠다.

　나는 호피 무늬 바지나 입어야겠다, 난 바람이나 피워야겠다.

　우리는 다른 생에서나 만나야겠다, 우린 허공에서나
만나야겠다,

　나와 너.

　그러는 사이 비계와 아기 똥에서 악취가 난다.

　나는 마지막 수면제에 취해 몽롱하다.

　요리하며 나는 연기, 지옥의 연기가

　우리 머리를 떠다니게 한다, 악의에 가득 차 반대편에 있는
둘을,

우리의 뼈, 우리의 머리카락을.

나는 너를 고아라 부른다, 고아. 너는 병들었다.

태양은 네게 궤양을 주고, 바람은 결핵을 준다.

한때 너는 아름다웠지.

뉴욕에서, 할리우드에서 남자들은 말했다: '끝났어?

우와 자기, 너 같은 여잔 드물어.'

너는 전율을 느끼려고 연기하고, 연기하고, 연기했지.

발기불능의 남편이 푹 쓰러졌다 커피를 마시러 나간다.

나는 그를 안에 있게 하려고 애쓴다,

번개를 위한 낡은 막대,

산酸이 담긴 욕조, 네게서 떨어져 나온 하늘만큼 많은 것.

그는 그것을 플라스틱 자갈이 깔린 언덕 아래로 굴려 한 덩이로 만든다,

채찍질 당하는 사륜 운반차. 불꽃들이 파랗게 튄다.

파란 불꽃들이 쏟아져 나온다,

석영처럼 백만 개의 조각으로 쪼개지며.

오 보석. 오 값비싼 것.

그날 밤 달은

자신의 혈액 주머니를 끌고 다녔다, 아픈

동물

항구의 불빛들 위로 떠오른다.

그런 다음 정상이 되었다,

단단해졌고 떨어져 나왔고 하얗게 되었다.

모래 위 비늘 광채가 나를 죽도록 겁먹게 했지.

우리는 계속 한 움큼씩 집어들며, 좋아라 하고,

그걸 밀가루 반죽처럼 주물렀다, 혼혈의 육체를,

비단 모래알들을.

개 한 마리가 개 같은 네 남편을 물어 들었다. 그들은

가버렸다.

이제 나는 침묵한다, 증오가

목까지 차오른 채,

빽빽하게, 빽빽하게.

나는 말하지 않는다.

나는 단단한 감자들을 좋은 옷인 양 챙겨 넣고 있다,

나는 아기들을 챙겨 넣고 있다,

나는 병든 고양이들을 챙겨 넣고 있다.

오, 산酸이 담긴 꽃병,

그것이 너를 가득 채우고 있는 사랑이다. 너는 네가 누구를

증오하는지 안다.

그는 출입문 옆에 앉아 자신의 사슬 달린 쇠공을 끌어안고

있다

문은 바다로 열려 있어

바다가 하얗고 검게 밀려들고,
곧이어 문은 바다를 도로 토해낸다.
날마다 너는 그의 속을 영혼으로 채워준다, 주전자처럼.
너는 너무 지쳤다.
네 목소리 내 이어-링ear-ring,
퍼덕거리며 빨아먹는, 피를 사랑하는 박쥐.
그만. 그만.
너는 문에서 응시하고 있다,
슬픈 마귀할멈. '모든 여자는 매춘부야.
말이 통하질 않아.'

나는 네 가까이 있는
깜찍한 장식을 본다, 갓난아기의 주먹 같은
또는 말미잘, 저 바다의
연인, 저 절도광 같은.
나는 아직도 미숙하다.
나는 돌아올지도 모른다고 말한다.
너는 거짓말들이 뭘 위한 것인지 알고 있다.

너의 선禪의 극락에서조차 우리는 만날 일이 없을 거다.

다른 사람

너는 늦게 들어온다, 입술을 훔치며.
내가 현관 계단에 그대로 둔 것은 무엇이었을까——

벽과 벽 사이에서 흘러나오는
하얀 니케?

미소를 띤 채, 파란 번개는
고기를 걸어놓는 갈고리처럼, 그의 부위들을 짊어진다.

경찰은 너를 좋아하지, 너는 모든 것을 자백하니까.
밝은 머리카락, 구두닦이, 오래된 플라스틱,

내 인생이 그렇게 흥미롭니?
이것 때문에 반지 같은 네 눈을 크게 뜬 거니?

이것 때문에 공중의 티끌들이 떠난 거니?
그것들은 공중의 티끌들이 아니다, 혈구들이지.

네 핸드백을 열어봐. 저 악취는 뭐니?
그건 너의 뜨개질감이지, 부지런히도

코에 코를 걸어 짰네,

그건 끈적이는 네 사탕들이지.

내 벽에는 네 머리가 있다.
탯줄들이, 청홍색으로 번쩍이면서

내 배에서 화살처럼 비명을 지르고, 나는 그 위에 올라타지.
오 달에서 나오는 빛, 오 아픈 빛,

훔친 말馬들, 간음들이
대리석 자궁의 둘레를 돌고 있다.

너는 어디로 가는 거니?
주행거리처럼 숨을 빨아들이면서

유황불 같은 간통들이 꿈속에서 비통해한다.
차가운 유리, 너는 어떻게 끼워졌니

나 자신과 나 자신 사이에.
나는 고양이처럼 긁어댄다.

흐르는 피는 어두운 열매——

한 번의 효과, 한 번의 화장.

너는 미소 짓는다.
아니, 그것은 치명적이지 않다.

죽어 멈춰 있는

끼익, 브레이크의 비명.
아니면 탄생의 울음소리인가?
여기 있었군요, 느닷없는 죽음의 발판 위로 매달려 있는
삼촌°, 바지공장 뚱보씨, 백만장자.
그리고 당신은 의자에 앉은 채 내 곁에서 의식을 잃었죠.

바퀴들, 두 마리 고무 굼벵이가 그들의 달콤한 꼬리를 깨문다.
저기 아래 있는 건 스페인이지?
적색과 황색, 정열적이고 뜨거운 두 금속이
온몸을 뒤틀며 탄식한다, 도대체 어떻게 된 풍경인가?
잉글랜드도 아니고, 프랑스도 아니고, 아일랜드도 아니다.

이거 지독하군. 우리는 여기를 방문 중인데,
어디선가 빌어먹을 갓난아기가 비명을 질러댄다.
공기 중에는 늘 피투성이 갓난아기가 있다.
나는 그것을 석양이라 부르고 싶다, 하지만
석양이 저렇게 구슬피 울부짖는 것을 대체 누가
들어보았겠는가?

당신은 일곱 개의 아래턱에 잠겨 있죠, 한 덩이 햄처럼
고요히.
당신은 내가 누구라고 생각하나요,

삼촌, 삼촌?
칼을 품은, 슬픈 햄릿?
당신은 당신의 목숨을 어디에다 숨겨놓았나요?

동전 한 닢인가요, 진주 한 알인가요——
당신의 영혼, 당신의 영혼은?
나는 예쁜 부자 소녀처럼 그걸 뺏어,
그냥 문을 열고 차에서 내릴 거예요
그리고 지브롤터에서 아무것도 먹지 않고, 먹지 않고 살아갈
거예요.

ㅇ 테드 휴스의 삼촌 월터(Walter)를 가리킨다. 프리다 휴스의 서문 16쪽 참고.

10월의 양귀비꽃

엘데르 마세두와 쉬제트 마세두를 위하여°

오늘 아침 구름 사이 태양도 그런 치맛자락들을 감당할 수
없다.
너무나 놀랍게 붉은 심장이 코트를 뚫고 피어나는
구급차 속 여인도——

선물, 사랑의 선물
전혀
요구받은 적 없다

창백하면서도 이글거리듯
일산화탄소에 불붙이는 하늘에게서,
둔해져 중산모자 아래 멈춘 눈들에게서.

오 맙소사, 나는 대체 뭐하는 사람인가
이 때늦은 입들을 벌리고 울어야 한다니
서리 내린 숲속에서, 수레국화들의 새벽에!

°   엘데르 마세두(Hélder Macedo)와 쉬제트 마세두(Suzette Macedo)는 1960년
런던의 한 파티에서 실비아 플라스와 테드 휴스를 처음으로 만나 교류하면서,
이들의 불화 및 이혼 과정을 지켜보았다.

입 다물 용기

입 다물 용기, 대포 소리가 나더라도!
분홍빛 조용한 선, 벌레 한 마리, 햇빛을 쬐고.
그 뒤로 검은 음반들이 있다, 분노의 음반,
그리고 하늘의 분노, 그것의 주름진 뇌가 있다.
음반들은 빙빙 돌아가고, 들어달라 간청한다,

개자식들에 대한 설명을 있는 그대로 잔뜩 싣고서.
개자식들, 써먹고, 버리고, 시치미 떼기,
그 홈을 따라 여행하는 바늘,
어두운 두 협곡 사이의 은빛 짐승,
훌륭한 외과 의사, 지금은 타투이스트인 그가

똑같고 파란 불만들을,
뱀들, 아기들, 작은 새들을 새기고 또 새긴다
인어들과 두 다리를 가진 미녀들에게.
외과 의사는 조용하다, 그는 말이 없다.
그는 죽음을 너무 많이 보아왔다, 그의 손은 죽음으로 가득
하다.

뇌의 음반들이 빙빙 돌아간다, 대포의 포구들처럼.
그다음엔 저 골동품 낫이 있고, 지칠 줄 모르는, 자줏빛의
혀가 있다. 그게 잘려나가야만 할까?

그건 꼬리가 아홉이다, 그건 위험하다.
그리고 일단 움직이기 시작하면, 허공에서 벗겨낸 소음이 난다!

아니, 그 혀 역시 치워져
도서관에 내걸렸다, 양곤의 판화들
그리고 여우 머리, 수달 머리, 죽은 토끼 머리 들과 함께.
그 혀는 경탄할 만한 대상이다——
그것이 살아 있을 때 꿰뚫었던 사물들!

그러나 두 눈, 두 눈, 두 눈은 어때?
거울들은 죽이고 말할 수 있다, 그것들은 끔찍한 방이다
그 안에서는 고문이 자행되고 누군가 지켜볼 수 있을 뿐이다.
이 거울 속에서 살았던 얼굴은 죽은 남자의 얼굴이다.
두 눈에 대해서는 걱정하지 마라——

그것들은 창백하고 수줍음을 탈지는 몰라도, 밀고자는 아니다,
그것들의 죽음은 빛을 발하고 있다
더 이상 들을 수 없는 나라의 깃발들처럼 접힌 채,
산중에서 파산 상태로 있는
완강한 독립.

닉°과 촛대

나는 광부다. 불꽃이 파랗게 타오른다.
밀랍의 석순들
방울방울 떨어져 두꺼워진다, 눈물들을

흙으로 된 자궁이
그 죽은 권태로부터 흘린다.
검은 박쥐 같은 공기가

나를 감싼다, 누더기 숄들처럼,
냉정한 살인자들.
그들은 자두처럼 내게 접붙여진다.

칼슘 고드름의 오래된 동굴,
메아리 울리는 오래된 곳.
도롱뇽들조차 하얗다,

저 독실한 신자들.
그리고 물고기, 물고기——
빌어먹을! 그들은 얼음으로 된 판유리이고,

칼들의 악덕이며,
피라냐의

종교다. 그것이 마시는 피는

내 살아 있는 발가락들에서 나온 첫 성찬聖餐.
양초는
꿀꺽꿀꺽 삼키며 자신의 낮은 고도를 회복하고,

그 노란빛이 기운을 차린다.
오 사랑이여, 너는 어떻게 여기에 왔니?
오 태아여

자면서도 기억하는구나,
네 십자가 모양의 자세를.
피가 정결하게 피어난다

네 안에서, 루비색으로.
네가 눈뜬 고통은
너의 것이 아니란다.

사랑이여, 사랑이여,
나는 우리의 동굴에 장미들을 걸어놓았다,
부드러운 러그들과 함께──

빅토리아 왕조의 최후.
별들이
어둠의 주소로 곤두박질치게 하자,

불구로 만드는 수은 원자들을
무시무시한 우물 속으로
방울방울 떨어뜨리자,

너는 견고한 것
빈 공간들이 부러워하며, 기대어 있는.
너는 마구간의 아기란다.

o '닉'은 실비아 플라스의 아들 니컬러스를 말한다. BBC 라디오 방송 대본에
이 시에 대한 언급이 있다. 부록2의 262쪽 참고.

베르크 해변°

(1)

이곳은 바다, 게다가 이곳은 광대한 소유자 미확정지.
태양의 습포제는 얼마나 내 염증을 빨아들이는지!

창백한 소녀들이 냉동실에서 떠온,
짜릿한 색깔의 셔벗이 그을린 손 안에서 공중을 돌아다닌다.

왜 이렇게 조용하지, 그들은 뭘 숨기고 있는 거지?
나는 두 다리가 있고, 웃으며 움직인다.

모래 댐퍼가 진동을 멈추게 한다;
그것은 몇 마일이나 뻗어 있고, 줄어든 목소리들은

이전 크기의 절반이 된 채, 흔들리고 목발이 없다.
시선들은 이 휑한 표면에 데인 채,

한쪽 끝을 고정시킨 고무줄처럼 부메랑이 되어 그 소유자를
상처 입힌다.
그가 선글라스를 쓴 게 놀랄 일인가?

그가 검은 성직자복을 즐겨 입는 게 놀랄 일인가?

지금 그가 여기로 온다, 고등어잡이 어부들 가운데로

그들은 그를 등진 채 벽을 쌓는다.
그들은 몸의 일부라도 되는 양 검은색과 녹색의 약용
캔디들을 만지작거린다.

바다, 이 캔디들을 만들어낸 바다는
슬며시 사라진다, 수많은 뱀들처럼, 괴로움의 긴 쉬익 소리와
함께.

(2)

이 검은 장화는 누구에게도 자비심이 없다.
왜 그래야 하나, 그건 죽은 발을 위한 영구차인데,

이 사제의 고귀한, 생명 잃은, 발가락 없는 발
그는 자기 책의 우물을 측량하고,

변태 인쇄물은 그의 앞에서 풍경처럼 부풀어 오른다.
음란한 비키니들은 모래 언덕에,

젖가슴들과 엉덩이들, 작은 결정들로 된

과자 장수의 설탕을 감춘다, 빛을 간지럽히면서,

그사이 녹색 웅덩이는 눈을 뜬다,
자신이 삼켰던 것들로 아파하며——

팔다리, 이미지들, 비명들. 콘크리트 벙커 뒤에서
두 연인이 서로 떨어진다.

오 하얀 바다 도기 그릇,
무슨 한숨들이 찻잔 모양인가, 무슨 소금이 목구멍 안에
있나!

그리고 구경꾼은, 몸을 떨며,
긴 천처럼 당겨진다

고요한 독성,
그리고 음부처럼 덥수룩한 잡초 사이를 지나.

(3)

호텔 발코니들에서, 사물들이 반짝거린다.
사물들, 사물들——

튜브식 강철 휠체어들, 알루미늄 목발들.
그런 소금기 있는 달콤함. 왜 나는 걸어가야 하지?

따개비들로 얼룩덜룩한 방파제 너머로.
나는 흰옷의 수행 간호사가 아니다,

나는 미소가 아니다.
이 아이들은 무언가를 쫓고 있다. 갈고리를 들고 울면서,

그리고 그들의 끔찍한 실수에 붕대를 감아주기엔 내 심장은
너무 작다.
이것은 한 남자의 옆구리다: 그의 붉은 갈비뼈들,

나무처럼 부풀어 터지는 신경들, 그리고 이 사람은 외과
의사다:
한 개의 반사경 같은 눈——

지식의 한 단면.
어느 방 줄무늬 매트리스 위에서

늙은 남자가 죽어가고 있다.

눈물 흘리는 아내를 도울 방도가 없다.

그곳엔 노랗고 진귀한, 눈 모양의 돌들이 있고,
그리고 혀, 재로 된 사파이어가 있다.

(4)

종이 프릴로 장식된 웨딩 케이크 같은 얼굴.
이제 그는 얼마나 거만한지.

마치 성자를 거느린 것 같다.
날개 모자를 쓴 간호사들이 더 이상 아름답지 않다;

그들은 갈변하고 있다, 누가 만진 치자나무 꽃처럼.
침대가 벽으로부터 굴러 나온다.

이것이 바로 완성된다는 것. 끔찍하다.
그는 파자마를 입고 있는가, 야회복을 입고 있는가?

딱 달라붙은 시트 아래에. 분 바른 그의 콧부리가
그토록 하얗게, 흔들림 없이 솟아 있다

사람들은 그의 턱을 책으로 받쳐놓았다, 턱이 뻣뻣해질
정도로
　그리고 그의 두 손을 포개주었다, 손들이 흔들리고 있었다:
잘 있어, 잘 있어.

　이제 세탁한 침대보들이 햇살을 받으며 나부낀다,
베갯잇들이 상쾌해진다.

　그것은 축복이다, 축복이다:
비누 색깔의 오크 나무로 된 기다란 관,

　호기심 많은 상여꾼들과
경이로운 고요를 품은 채 은으로 갓 새겨진 날짜.

　(5)

　잿빛 하늘이 낮게 드리워져 있고, 녹색 바다 같은 언덕들이
겹겹이 포개져 멀리까지 펼쳐져 있다, 골짜기들을 감춘 채,

　그 골짜기들 안에서 아내의 생각들이 흔들린다——
투박한, 실용적 보트들은

드레스와 모자와 도자기와 결혼한 딸들로 가득 차 있다.
돌로 된 집의 응접실에서는

커튼 하나가 열려 있는 창문 밖으로 나부낀다,
꺼져가며 촛농을 흘리는 가여운 양초처럼.

이것은 죽은 사람의 혀: 기억하라, 기억하라.
이제 그는 얼마나 멀리 있는가, 그의 행동들은

거실 가구처럼, 실내 장식처럼 그를 둘러싸고 있다.
창백함들이 모여든다──

손들과 이웃 얼굴들의 창백함,
바람에 날리는 붓꽃의 고조된 창백함.

그들은 무無로 날아가고 있다: 우리를 기억하라.
기억의 텅 빈 벤치들이 돌들을 바라본다,

　파란 혈관을 가진 대리석 파사드, 그리고 젤리로 가득한
수선화들.°°
　여긴 너무 아름답다: 잠시 들른 장소다.

(6)

이 라임 잎들의 부자연스러운 풍성함!——
가지치기한 녹색 공들, 그 나무들이 교회까지 행진한다.

사제의 목소리가, 희박한 공기 속에서,
문 앞의 시신과 마주치곤,

그것에 말을 건다. 언덕이 죽음의 종소리들을 굴리는 동안:
밀과 천연 그대로인 대지의 반짝거림.

저 색의 이름은 무엇인가?——
태양이 치료하는 두껍게 발린 벽들의 오래된 피,

가지가 잘리고 남은 부분들의 오래된 피, 타버린 심장들.
검은 핸드백을 들고 세 딸과 함께 있는 과부는,

꽃들 사이에서 없어서는 안 될 존재,
그녀가 제 얼굴을 고운 아마포처럼 접어 갠다,

다시 펼쳐지지 않도록.
그사이, 옆에 치워둔 미소들로 벌레 먹은 하늘에선

구름들이 계속 지나간다.
그리고 신부의 꽃들은 싱싱함을 다 써버린다.

그리고 영혼은 한 명의 신부다
고요한 장소에 있지, 그리고 신랑은 붉고 잘 잊어버린다.
그는 아무 특징이 없다.

(7)

이 차의 유리 뒤에서
세상은 부웅 소리를 낸다. 멈춰선 채 부드럽게.

그리고 나는 검은 정장 차림으로 묵묵히 있다.
수레 뒤에서 느린 속도로 소리 없이 걷는 무리의 일원으로.

그리고 사제는 하나의 그릇,
타르를 칠한 직물이다. 초라하고 칙칙하다.

그는 꽃으로 덮인 수레 위의 관을 아름다운 여자인 양
따라간다.
젖가슴들, 눈꺼풀들 그리고 입술들의 꼭대기가

언덕 정상을 급습한다.
그때, 빗장을 지른 마당으로부터, 아이들은

구두약 녹아내리는 냄새를 맡는다,
그들의 얼굴이, 말없이 그리고 천천히 돌아가고,

그들의 눈이 열리고 있다
경이로운 것을 향해——

잔디에 있는 둥글고 검은 모자 여섯 개와 마름모꼴 목판 하나,
그리고 적나라하게 드러난 입 하나, 붉고 어색하다.

잠시 동안 하늘이 혈장처럼 구덩이로 쏟아진다.
희망은 없다, 그것은 버려졌다.

○   프리다 휴스의 서문 14쪽에 이 시에 대한 언급이 있다.

○○   시인은 수선화 꽃 모양이 젤리 글라스 같다고 느낀다. 젤리 글라스는 젤리나
디저트를 담는 긴 잔이다.

걸리버

네 몸 위로 구름들이 지나간다
높이, 높이 그리고 얼음처럼 차갑게
그리고 약간은 평평하게, 마치

보이지 않는 유리 위를 떠다니는 것처럼.
백조들과 달리,
반사된 그림자도 없이;

너와 달리,
달려 있는 줄 하나 없이.
모두 차분하고, 모두 파랗다. 너와는 달리——

너는, 거기 반듯이 누워 있고,
두 눈은 하늘을 향해 있다.
고층 건물 작업자들이 너를 포획해,

빈약한 족쇄로 칭칭 감아놓았다,
그들의 뇌물들——
그토록 많은 비단들.

그들이 얼마나 너를 미워하는지.
그들은 네 손가락들의 골짜기에서 대화를 나눈다, 그들은 자벌레다.

　그들은 너를 자신들의 진열장 안에서 재우겠지,

　이 발가락과 저 발가락, 유물.
　행진을 개시하라!
　일곱 리그를 행진하라, 손에 닿을 수 없을 듯

　크리벨리의 그림에 펼쳐진 저 원경들처럼.
　이 눈은 독수리가 되게 하고,
　그의 입술의 그림자는 하나의 심연이 되게 하라.

그곳에 가기

얼마나 멀까?
이제 얼마 남았지?
바퀴 달린 거대한 고릴라의 내장이 움직인다,
그것들이 나를 소스라치게 한다——
크루프가家°의
끔찍한 두뇌들, 회전하는
검은 총구들, 근무 기록카드에
대포처럼 결근!이 찍히는 소리.
내가 횡단해야 할 것은 러시아다, 어디선가 벌어지는
전쟁이다.
나는 내 몸을 질질 끌고 간다
조용히 화물차들의 빨대 속을 통과하며.
지금은 뇌물 수수의 시간.
바퀴들은 무엇을 먹을까, 신神들처럼
자기의 둥근 호에 고정된 이 바퀴들은,
의지의 은빛 목줄은——
굽힐 수 없지. 그리고 그들의 자만심!
신들이 알고 있는 건 오로지 종착지들뿐.
나는 이 우편함 투입구 안의 편지 한 통——
하나의 이름에게로, 두 눈에게로 날아간다.
그곳엔 불이 있을까, 그곳엔 빵이 있을까?
여기엔 지독한 진창이 있다.

그건 기차 정거장, 간호사들이
수도꼭지의 물, 그곳의 베일들, 수녀원 생활을 견디며,
부상자들을 어루만지고,
피의 펌프질이 아직도 사람들을 앞으로 쏟아낸다,
밖에 쌓인 다리들, 팔들
끝나지 않는 비명의 천막——
인형들의 병원.
그리고 사람들, 남은 사람들이
이 피스톤들, 이 피의 펌프질로 앞으로 쏟아져 나온다
다음 1마일까지,
다음 한 시간 동안——
부러진 화살들의 왕조!

얼마나 멀까?
내 발에는 진흙이 묻어 있다,
질척거리고 붉고 미끄러져 내린다. 그것은 아담의 옆구리다,
내가 솟아난 이 땅, 그리고 고통에 빠진 나.
나 자신을 되돌려놓을 수 없다, 그리고 기차는 증기를 내뿜고
있다.
증기를 뿜고 숨을 쉬면서, 기차의 이빨이
굴러갈 준비를 마쳤다, 악마의 이빨처럼.
그 끝에는 1분이 있다

1분, 이슬 한 방울.
얼마나 멀까?
내가 가려는 곳
아주 하찮은 곳인데, 이 장애물들은 도대체 왜 있는
것인지——
이 여자의 몸,
숯이 된 치마들과 데스마스크가
종교계 인사들에게, 화관을 든 아이들에게 애도를 받는다.
그리고 이제 폭발들——
천둥과 총포.
우리 사이에 불꽃이 있다.
허공 한가운데에서 돌고 도는,
만져지지 않고 만질 수도 없는
그런 고요한 장소는 없을까.
기차는 자신을 질질 끌고 간다, 날카로운 비명을 지르며——
종착지를 향해 가는 데 미쳐 있는
동물,
피의 얼룩,
너울대는 불길 끝에 있는 얼굴.
나는 부상자들을 번데기처럼 묻으리라,
죽은 자들을 세면서 묻으리라.
그 영혼들이 한 방울 이슬 속에서 몸부림친다,

내 선로에서 격분하게 하자.
객차들이 흔들린다, 그것들은 요람이다.
그리고 나는 낡은 붕대들, 권태들, 오래된 표정들에 감긴
이 살갗으로부터 걸어나와

레테의 검은 차에서 내려 네게로 간다,
아기처럼 순수해져.

○ 크루프(Krupp)는 독일의 철강 및 무기 제조 기업이자 이 기업을 세운 가문의
이름이다. 나치에 협력한 전범 기업으로 유명하다.

메두사

돌로 된 입마개처럼 돌출한 갑岬에서 벗어나,
흰 지팡이°로 굴리는 두 눈,
흩어지는 바다를 퍼 담는 두 귀,
당신은 무기력하게 만드는 머리를 이고 있죠—신의 눈알,
자비의 수정체,

당신의 끄나풀들은
내 배船의 그늘진 곳에서 자신들의 사나운 세포들을 부지런히
움직이고,
그 한가운데 있는 붉은 성흔聖痕들을
심장처럼, 밀어제치고 나갑니다,
가장 가까운 출발점까지 거센 역조逆潮를 타고,

예수의 머리카락인 양 그들의 머리카락을 질질 끌면서.
내가 정말 탈출했던 걸까요?
내 마음은 당신에게 휘감겨 있어요,
오래된 따개비처럼 들러붙은 배꼽, 대서양의 해저 케이블은
기적 같은 수선 상태를 잘 유지하고 있는 것 같군요.

아무튼, 당신은 늘 거기 있습니다,
내 전화선 끝에서 떨리는 숨결로,
눈부시고 기분 좋게, 내 물 막대기 높이까지

뛰어오르는 물굽이로,
만지고 빨아들이면서.

나는 당신을 부르지 않았어요.
나는 당신을 부른 적이 없다고요.
그런데도, 그런데도
바다 건너 전속력으로 나를 향해 달려온 당신,
살찌고 붉은, 태반은

물장구치는 연인들을 마비시키고.
코브라 빛은
푸크시아 꽃에 달린 피의 종鐘들에서
숨을 쉬어 짜내고 있어요. 나는 숨을 쉴 수가 없었죠,
죽은 듯 그리고 돈 한 푼 없이.

엑스레이처럼, 과다 노출된 채.
당신은 자신을 뭐라고 생각하나요?
성찬식의 밀떡? 너무 울어 눈이 부은 성모 마리아?
나는 당신의 몸은 한 입도 먹지 않을 거예요,
내가 담겨서 살고 있는 병瓶,

무시무시한 로마교황청.

나는 뜨거운 소금엔 넌더리가 납니다.
환관들처럼 창백하게, 당신의 소망은
우우 내 죄를 책망합니다.
저리 가, 저리 가, 이 미끌거리는 촉수!

우리 사이엔 아무것도 없다.

○ 흰 지팡이(white stick)는 시각장애인용 지팡이를 가리킨다.

퍼다°

비취——
옆구리의 돌,
고뇌에 찬

풋내기 아담의 옆구리, 나는
미소 짓는다, 책상다리를 한 채,
수수께끼처럼,

나의 명쾌함을 없애며.
너무나 값진 일.
태양이 이 어깨를 얼마나 반들거리게 하는지!

그리고
달, 나의
지칠 줄 모르는 사촌은

떠오르겠지, 암에 걸린 듯 창백하게,
나무들을 훑으며——
무성한 작은 용종들,

작은 그물들,
눈에 보이는 내 모습들이 가려진다.

나는 거울처럼 빛을 반사한다.

이 작은 단면에 신랑이 도착한다,
거울들의 주인.
그가 인도하는 것은 그 자신이다

이 비단 가리개들,
이 살랑거리는 부속물들 사이에서.
나는 숨을 쉰다, 그리고 입

베일이 그 휘장을 살짝 흔든다.
내 눈
베일은

무지개들의 연속.
나는 그의 것.
심지어 그가

없을 때도, 나는
불가능한 것들이 담긴 내 칼집 안에서
빙빙 돌고 있다,

아주 값비싸고 고요하게
이 잉꼬들, 마코앵무새들 사이에서.
오 수다쟁이들

속눈썹의 시종들!
나는 깃털 하나를
풀어놓을 거야, 공작새처럼.

입술의 시종들!
나는 음 하나를
풀어놓을 거야

공기의
샹들리에를
산산이 부서뜨리기 위해, 그건 온종일

자신의 크리스털들을,
백만 개의 무지함을 흔들고 있지.
시종들!

시종들!
그리고 그의 다음 걸음에

나는 풀어놓을 거야

나는 풀어놓을 거야──
그가 심장처럼 지키는
보석 박힌 작은 인형으로부터──

암사자,
욕조 안의 비명 소리,
구멍 뚫린 망토를.

○ 퍼다(purdah)는 이슬람 문화에서 여성들이 남성들의 눈에 띄지 않게 얼굴이나
몸을 가리는 것, 또는 가리는 데 사용하는 덮개를 가리킨다.

달과 주목나무

이것은 마음의 빛이다. 차갑고 행성처럼 떠도는.
마음의 나무들은 검다. 그 빛은 파랗고.
풀들은 내가 신이라도 되는 듯 내 발 위에 그들의 슬픔을
풀어놓는다.
내 발목을 찔러대고 그들의 굴욕감에 대해 소곤거리며.
연기 같은 증류된 안개가 이곳에 산다
일렬로 늘어선 묘비들로 내 집에서 분리된 채.
다다를 곳이 어디인지 나는 전혀 알 수 없다.

달은 문門이 아니다. 그 자체로 하나의 얼굴이다,
꽉 쥔 손가락 마디처럼 희고 지독히도 심란한.
어두운 범죄처럼 제 뒤로 바다를 끌고 다닌다; 달은 조용하다
완전한 절망으로 입을 동그랗게 벌린 채. 나는 여기 살고
있다.
일요일에 두 번, 종들이 울려 하늘을 놀라게 한다——
부활을 확언하는 여덟 개의 거대한 혀.
마지막에, 종들은 제 이름들을 뎅그렁뎅그렁 침착하게
울린다.

주목나무는 위를 찌른다. 고딕 형상을 하고 있다.
그것을 따라 시선이 올라가면 달과 만난다.
달은 나의 어머니다. 성모 마리아처럼 상냥하진 않다.

그녀의 파란 망토는 작은 박쥐들과 올빼미들을 풀어놓는다.
나는 다정함을 얼마나 믿고 싶어하는지──
촛불들로 부드러워진 조상彫像의 얼굴,
온화한 시선으로, 특별히 나를 내려다보고 있는.

나는 오래도록 떨어졌다. 구름이 피어나고 있다
별들의 얼굴 위로 파랗고 신비하게.
교회 안에선, 성자들이 모두 파랗게 되겠지,
차가운 신도석 위를 여린 발로 떠다니며,
신성함으로 뻣뻣해진 그들의 손과 얼굴.
달은 이런 것은 전혀 알지 못한다. 그녀는 대머리인 데다
거칠다.
그리고 주목나무가 전하는 말은 암흑이다─암흑과 침묵.

생일 선물

이건 뭐지, 이 베일 뒤에 있는 것 말이야, 보기 흉한 걸까,
아름다운 걸까?
아른거리고 있는데, 볼록한 젖가슴들을 가졌을까, 날카로운
모서리들을 가졌을까?

틀림없이 독특할 거야, 틀림없이 내가 원하는 바로 그것일
거야.
내가 요리하느라 조용히 있을 때 그게 쳐다보고 있는 걸 느껴,
그게 생각하고 있는 걸 느껴

'이자가 내가 모습을 드러내야 할 사람인가,
이자가 선택된 사람인가? 검은 눈구멍에다 흉터를 지닌 사람.

밀가루의 양을 재고, 넘치는 부분은 깎아내며,
규칙들, 규칙들, 규칙들에 집착하는.

이자가 수태고지를 받을 사람?
맙소사, 정말 웃기는군!'

하지만 그것은 아른거린다, 멈추질 않는다, 그리고 나를
원하는 것 같다.
나는 그게 뼈든, 진주조개 단추든 신경 쓰지 않는다.

난 대단한 선물을 원한 게 아니다. 아무튼, 올해는.
무엇보다도, 내가 살아 있는 건 우연일 뿐이다.

그땐 어떤 방법으로든 나 자신을 기꺼이 죽이려 했지.
지금은 이 베일들이 있다, 커튼처럼 아른거리며,

1월의 창문에 드리운 속이 비치는 새틴들이
아기 침구처럼 희고 죽은 숨결로 반짝거리듯. 오 상아여!

거기 그건 분명 엄니이고, 유령 기둥일 거야.
그게 뭔지 내가 신경 쓰지 않는다는 걸 넌 모르겠니.

그걸 내게 줄 수는 없겠니?
부끄러워하지 마—난 그게 작아도 신경 쓰지 않아.

심술궂게 굴지 마, 나는 엄청난 걸 각오하고 있어.
그것 옆에 앉도록 하자, 양쪽에 한 사람씩, 그 반짝임,

그 반들반들함, 그것이 반사하는 다양함에 감탄하면서.
그것으로 최후의 만찬을 들자, 병원 식사처럼.

네가 왜 그걸 내게 안 주려는지 나는 알아,
넌 겁에 질렸지

이 세상이 날카로운 비명 한 번으로 날아가고, 네 머리도 함께
날아갈까 봐,
돋을새김 장식에, 놋쇠로 된, 고대의 방패,

네 증손자들에게 경이로울 일도.
두려워하지 마, 그렇지 않아.

난 단지 그걸 받아서 조용히 옆으로 갈 거야.
너는 내가 열어보는 소리도 못 들을 거야, 종이 부스럭거리는
소리도,

리본 떨어지는 소리도, 마지막 비명 소리도.
넌 내게 이런 신중함이 있다고 믿는 것 같지 않다.

베일들이 어떻게 내 하루하루를 죽이고 있는지 네가 알기만
한다면.
네게 그것들은 단지 투명한 것들, 맑은 공기일 뿐이겠지.

하지만 맙소사, 구름이 목화솜 같다──

구름의 군단들. 그것들은 일산화탄소다.

감미롭게, 감미롭게 나는 들이쉬지,
내 혈관을 보이지 않는 것들로 채우면서, 내 인생에서

째깍째깍 세월을 지워가는 백만 개의 그럴듯한 티끌들로
채우면서.
너는 그 행사를 위해 은빛 정장을 입었구나. 오 계산기——

넌 무언가를 내버려두고 그걸 있는 그대로 두는 게
불가능하니?
넌 하나하나에 자줏빛으로 도장을 찍어야만 하니,

네가 죽일 수 있는 건 다 죽여야만 하니?
오늘 내가 원한 건 이것 하나야, 그리고 너만이 그걸 내게 줄
수 있어.

그건 내 창가에 서 있다, 하늘만큼 커다랗게.
그건 내 침대보에서 숨을 쉬고 있다, 차가운, 부동의 중심에서

거기서 엎질러진 삶들은 굳어가고 딱딱해져 역사가 되지.
그걸 우편으로 받지 마, 손가락에서 손가락으로 말이야.

구두口頭로도 받지 마, 그게 전부 배달될 무렵이면
나는 예순 살일 테고, 몸이 저려서 그걸 쓰지도 못하겠지.

그냥 베일을 내려줘, 베일을, 베일을.
그게 죽음이라면

난 그 무거운 중력과 시간을 초월한 눈들에 감탄을 보낼 텐데.
난 네가 진지하다는 것을 알게 될 텐데.

그러면 고귀함이 있을 텐데, 생일이 있을 텐데.
그리고 칼은 베지 않고 꽂힌다

아기 울음처럼 순수하고 깨끗하게,
그리고 우주가 내 옆구리에서 미끄러져 나온다.

11월의 편지

사랑이여, 세상은
갑자기 색깔을 바꾸고, 바꾼다. 가로등 불빛이
아침 아홉 시 금사슬나무
쥐의 꼬리 같은 열매 깍지들을 쪼갠다.
북극이다,

이 작고 검은
원, 황갈색의 비단 풀들을 지녔지—아기들의 머리카락.
공기 속에는 녹색이 있다,
부드럽고, 기분 좋은.
그건 나를 쿠션처럼 사랑스럽게 받쳐준다.

나는 얼굴이 붉게 달아오르고 따뜻해진다.
내가 굉장한 사람일지도 모른다고 생각한다,
나는 너무 바보같이 행복하다,
내 웰링턴 장화
아름다운 빨간색으로 철벅철벅 소리를 내며 걷는.

이것은 내 소유지다.
하루에 두 번
그곳을 천천히 걷는다,
청록색 가리비 같은

잔인한 호랑가시나무, 순수한 철,

그리고 오래된 시체들의 벽 냄새를 맡으며.
나는 그것들을 사랑한다.
나는 그것들을 역사처럼 사랑한다.
사과들은 황금색이다.
상상해보라——

나의 칠십 그루 나무들
걸쭉한 회색 죽음의 수프 속에서
황금의 불그스름한 공들을 달고 서 있고,
그 백만 개의
황금 잎들은 금속제이고 숨을 쉬지 않는다.

오 사랑이여, 오 독신주의자여.
나 말고는 아무도
허리 높이까지 젖도록 걷지 않는다.
그 무엇도 대신할 수 없는
황금들이 피를 흘리며 짙어진다, 테르모필레°의 입구들.

° 테르모필레(Thermopylae)는 기원전 480년 레오니다스가 이끄는 스파르타군이
페르시아군에 대패한 그리스의 전쟁터이다.

기억상실증 환자

소용없다, 소용없다, 이제, 알아보라고 애원하는 건.
그런 아름다운 공백은 그걸 감추는 것 말고는 어찌할 수가
없다.
이름, 집, 차 열쇠들,

자그만 장난감 아내는
지워진 채, 한숨 쉬고, 한숨 쉰다.
아기 넷과 코커스패니얼 한 마리.

벌레 크기의 간호사들과 아주 작은 의사가
그를 밀어넣는다.
오래전 일들이

그의 피부에서 벗겨진다.
그 모든 게 배수구 아래로!
감히 손댄 적 없는 빨강머리 누이라도 되듯

자신의 베개를 껴안고,
그는 새로운 꿈을 꾼다——
불모다, 전부 불모다.

그리고 또 다른 색깔의 꿈.

그들은 어떻게 여행, 여행, 여행을 할까, 풍경이
그 오누이 뒤쪽에서 불꽃을 일으킨다,

혜성의 꼬리.
그리고 돈 그 모든 것의 정액.
한 간호사가 가져온다

녹색 음료를, 한 간호사는 파란 음료를.
그들이 그의 양 옆구리에서 별처럼 솟아오른다.
그 두 음료는 타오르며 거품을 일으킨다.

오 누이여, 어머니여, 아내여,
달콤한 망각의 강은 나의 생명이다.
나는 결코, 결코, 결코 집으로 돌아가지 않으리!

경쟁자

달이 미소 짓는다면, 당신을 닮았을 겁니다.
당신은 아름답지만 절멸시키는 그 무엇과
똑같은 인상을 남기죠.
둘 다 너무 경솔한 차용인이에요.
달의 O자 입은 세상을 슬퍼하지만; 당신 입은 끄떡도 하지 않죠,

그리고 당신의 최고 재능은 모든 것에서 돌을 만들어내는 것.
깨어나 보니 커다란 무덤이에요; 당신이 여기 있고,
대리석 탁자를 손가락으로 톡톡 두드리며 담배를 찾네요,
여자처럼 독기를 품었지만 그다지 과민하지는 않아요,
그리고 이의를 달 수 없는 무언가를 말하고 싶어 안달이죠.

달 역시 자기 신민들을 비하합니다,
하지만 낮에는 우스꽝스럽지요.
반면, 당신의 불만들은
충실하리만큼 규칙적으로 우편물 투입구를 거쳐 당도합니다,
텅 빈 백지 상태로, 일산화탄소처럼 팽창하며.

당신 소식으로 편할 날이 없습니다,
당신은 아마도 아프리카를 배회하고 있겠죠, 하지만 내
생각을 하면서.

아빠

하지 마세요, 하지 마세요
더 이상은, 검은 구두
그 속에서 나는 발처럼 살아왔어요
삼십 년이나, 초라하고 창백하게,
숨 쉬거나 재채기할 엄두도 못 내면서.

아빠, 난 당신을 죽여야만 했어요.
그러기도 전에 당신은 돌아가셨죠——
대리석처럼 무겁고, 신神으로 가득 찬 자루,
샌프란시스코 물개처럼 커다란
회색 발가락 하나를 가진 무시무시한 조각상

그리고 변덕스러운 대서양에 있는 머리 같죠
거기서 머리는 풋콩의 초록을
아름다운 너셋Nauset 앞바다의 청색 위로 쏟아붓고 있어요.
나는 당신을 되찾으려고 기도하곤 했어요.
아아, 당신Ach, du.

독일어를 쓰고, 폴란드 마을에 살았죠
전쟁, 전쟁, 전쟁의
롤러로 납작하게 짓이겨진.
하지만 그 마을 이름은 흔해요.

내 폴란드인 친구는

그런 마을이 한두 다스는 된다고 해요.
그래서 나는 결코 말할 수 없었어요, 당신이
당신의 발, 당신의 뿌리를 어디에 두었는지,
당신에게 결코 말할 수 없었어요.
혀가 내 턱 안에 갇혔어요.

그게 가시철조망에 걸렸어요.
나는, 나는, 나는, 나는 Ich, ich, ich, ich.
도저히 말할 수 없었어요.
나는 독일인은 다 당신이라고 생각했죠.
그리고 그 지긋지긋한 언어

기관차, 기관차가
칙칙폭폭 나를 유대인처럼 싣고 가요.
다하우, 아우슈비츠, 벨젠으로 가는 유대인.
나는 유대인처럼 말하기 시작했어요.
난 아마도 유대인일 거라 생각해요.

티롤의 눈雪, 비엔나의 깨끗한 맥주는
그다지 순수한 것도 진짜도 아니에요.

집시 혈통의 내 할머니들과 내 기괴한 운명을
그리고 내 타로카드 팩, 내 타로카드 팩을 보건대
나도 약간은 유대인일지 몰라요.

나는 당신이 늘 무서웠어요,
당신의 루프트바페°, 알아듣기 힘든 당신의 우회적 표현들.
그리고 당신의 단정한 콧수염
그리고 당신의 밝고 푸른 아리안족 눈 말이에요.
장갑차 인간, 장갑차 인간, 오 당신——

신神이 아닌 갈고리 십자卍字가
너무 새까매 하늘도 뚫고 나올 수 없었죠.
여자들은 다 파시스트를 숭배해요,
얼굴을 짓누르는 장화를, 짐승을
당신 같은 짐승의 짐승 같은 심장을.

아빠, 당신은 검은 칠판 앞에 서 있어요,
내가 가진 당신 사진 속에서요,
당신은 발 대신 턱이 갈라져 있어요
하지만 그렇다고 악마가 아닌 건 아니죠, 아니
암흑의 인간이 아닌 건 아니죠

내 예쁜 붉은 심장을 물어뜯어 두 동강 냈잖아요.
그들이 당신을 묻었을 때 나는 열 살이었어요.
스무 살 때 나는 죽으려 했지요
그리고 당신에게 돌아가려, 돌아가려, 돌아가려 했어요.
뼈라도 그렇게 하리라고 생각했어요

하지만 그들은 나를 포대 자루에서 끄집어내
아교로 이어 붙였어요.
그리고 그때 나는 뭘 해야 할지 알았죠.
당신을 본보기로 삼았어요,
나의 투쟁Meinkampf °° 같은 표정을 한 검은 옷 입은 남자

그리고 고문대와 나사못에 대한 사랑을.
그리고 나는 한다고, 한다고 말했죠.
그래서 아빠, 나는 완전히 끝났어요.
검은 전화기가 뿌리째 뽑혔어요,
목소리들이 더는 기어나올 수 없죠.

내가 한 사람을 죽였다면, 그건 두 사람을 죽인 셈이에요——
흡혈귀, 자기가 곧 당신이라고 말하고는
일 년 동안 내 피를 빨아먹었죠,
사실을 알고 싶다면, 칠 년이에요.

아빠, 이제 반듯이 누워도 돼요.

당신의 살찐 검은 심장에 말뚝이 박혀 있어요
그리고 마을 사람들은 결코 당신을 좋아하지 않았죠.
그들은 춤을 추면서 당신을 마구 밟고 있어요.
그들은 그게 당신이라는 걸 늘 알고 있었죠.
아빠, 아빠, 이 개자식아, 나는 끝났어.

○ 루프트바페(Luftwaffe)는 제2차 세계대전 당시 독일의 공군을 가리키던 말로,
이후 독일 공군을 지칭하는 말로 사용되고 있다.

○○ 히틀러의 자서전 제목.

너는

어릿광대 같아, 제멋에 겨워 제일 행복해하지,
두 발은 별을 향해 있어, 달 같은 두개골을 가졌고,
물고기처럼 아가미가 있지. 도도새 방식°에 대한
양식 있는 거절.
실패처럼 네 자신에 돌돌 감겨 있고,
올빼미가 그러듯 너의 어둠을 샅샅이 훑고 있어.
7월 4일부터 만우절까지°°
순무처럼 말이 없더니,
오 쑥쑥 올라오는 녀석, 나의 조그만 빵 덩어리.

안개처럼 모호하고 우편물처럼 기다리게 되지.
오스트레일리아보다 멀리 떨어져 있어.
등이 굽은 아틀라스, 널리 여행한 우리의 참새우.
꽃봉오리만큼 아늑하고
절임 항아리 속 작은 청어처럼 편안해.
뱀장어들이 든 통발, 모든 찰랑거림들.
멕시코 콩처럼 튀어 오른다.
정확하지, 잘 계산해서 나온 합계처럼.
네 자신의 얼굴이 그려져 있는 깨끗한 석판.

○　도도새는 인도양의 모리셔스 섬에 서식했던 새로, 섬에서 아무런 방해 없이 살았기 때문에 날개가 퇴화했다고 한다. 16세기 유럽인들에게 섬이 알려진 이후 날개가 없어 살아남지 못하고 멸종되었다.

○○　1960년 4월 1일에 실비아 플라스의 첫째 아이 프리다가 태어났다. 1959년 7월부터 이때까지 실비아 플라스는 프리다를 임신 중이었다.

화씨 103도 고열

순결하다고? 그게 무슨 의미지?
지옥의 혓바닥들은
둔하다, 세 개나 되는

둔하고 살찐 케르베로스°의 혓바닥만큼이나 둔하다
지옥의 문 앞에서 숨을 헐떡이는 개. 깨끗이
핥지도 못한다

고열에 시달리는 힘줄을, 죄를, 죄를.
부싯깃이 울부짖는다.
지울 수 없는 냄새가 난다

눌러 끈 양초에서!
사랑, 사랑이여, 연기가 낮게 흘러나온다
내게서 이사도라°°의 스카프처럼, 나는 겁에 질려 있다

스카프 한 자락이 차바퀴에 걸려 빠지지 않을까 봐.
이렇게 노랗고 음울한 연기는
저만의 고유한 원소를 만들어낸다. 연기는 날아오르지 않고,

지구를 빙빙 돌 것이다
나이 든 사람들과 온순한 사람들을 질식시키면서,

연약한

유아용 침대 속에 있는 온실의 아기를,
허공에 공중정원을 드리운
무시무시한 난초를,

악마 같은 표범을!
방사선은 그것을 하얗게 변색시키더니
한 시간 만에 죽여버렸다.

히로시마의 재처럼
간통한 자들의 육체에 기름칠을 하고 먹어치우면서.
그 죄. 그 죄.

여보, 밤새도록
나는 깜박이고 있어, 꺼졌다, 켜졌다, 꺼졌다, 켜졌다.
침대보가 호색한의 입맞춤처럼 무거워진다.

사흘 낮. 사흘 밤.
레몬워터, 닭고기
물, 물이 나를 구역질 나게 한다.

나는 너에게, 아니 누구에게도 너무 순결하다.
너의 육체가
내게 상처를 준다, 세상이 신에게 상처를 주듯. 나는
등燈이다——

내 머리는 달
일본 종이로 만들었지, 금박으로 된 내 살갗은
무한히 섬세하고 무한히 값비싸다.

내 열기에 놀라지 않았니. 그리고 내 빛에.
나는 오롯이 홀로 거대한 동백나무다
불타오르며 나타났다 사라진다, 확확 붉어지며.

나는 올라가고 있는 것 같다,
승천하는 건지도 모르겠다——
뜨거운 금속 묵주알들이 날아간다, 그리고 나, 사랑이여,
나는

순수한 아세틸렌 가스의
처녀다
장미들의 시중을 받는,

입맞춤들의, 아기 천사들의,
이런 분홍빛 사물들이 의미하는 모든 것의 시중을 받는.
너도 아니고, 그도 아니다

그가 아니다, 그가 아니다
(내 자아들이 녹고 있다. 늙은 매춘부의 페티코트처럼) ——
낙원으로.

○   케르베로스(Cerberus)는 그리스 신화에서 저승의 문을 지키는 개이다. 머리가 셋
달렸고, 꼬리는 뱀의 형상을 하고 있다.

∞   이사도라는 현대 무용가 이사도라 덩컨(Isadora Duncan)을 가리킨다. 자동차를
타고 가던 중 자주 착용하던 스카프가 바람에 날려 차바퀴에 감기는 불의의 사고로
세상을 떠났다.

양봉 모임

나를 만나려고 다리에 와 있는 이 사람들은 누구지? 마을
사람들이다——

교구 목사, 산파, 교회 관리인, 벌 판매상.

민소매의 여름 원피스를 입은 나는 아무 보호 장비도 없다.

그리고 그들은 모두 장갑을 끼고 모자를 덮어쓰고 있다. 왜
내게 아무도 말해주지 않은 거지?

그들은 미소 지으며 아주 오래된 모자에 덧붙인 베일을
걷는다.

나는 닭 모가지처럼 걸친 게 없다. 아무도 날 좋아하지 않는
건가?

그래, 여기 자기네 가게의 흰 작업복을 가지고 온 모임 총무가
있다.

내 손목의 소매 끝동과 내 목부터 무릎까지 길게 트인 부분을
단추로 채워준다.

지금 나는 흰 유액을 분비하는 명주실이다. 벌들은
알아차리지 못하겠지.

그들은 내 두려움의 냄새를 맡지 못할 거야. 내 두려움, 내
두려움.

그런데 어느 쪽이 목사지, 검은 옷 입은 저 남자?

어느 쪽이 산파지, 푸른 외투의 저 여자?

모두가 사각형의 검은 머리를 끄덕이고 있다, 이들은 투구 쓴 기사들이다,

겨드랑이 아래 매듭을 묶은 투박한 무명천의 흉갑을 둘렀다.

그들의 미소와 그들의 목소리가 변해간다. 나는 안내에 따라 콩밭을 지나간다,

사람처럼 눈을 깜박이는 은박지 조각들,

콩꽃의 바다에서 제 손을 부채질하는 깃털 먼지떨이,

검은 눈과 지루한 심장 같은 잎사귀들을 가진 크림색 콩꽃.

줄줄이 늘어진 덩굴손들이 끌어올리고 있는 것은

핏덩어리인가?

아니, 아니, 그것은 언젠가 먹어도 될 주홍빛 꽃들이지.

지금 그들은 내게 유행하는 이탈리아산 흰 밀짚모자와

내 얼굴에 맞는 검은 베일을 건네고 있다. 그들은 나를 그들의 일원으로 만들고 있다.

그들은 나를 가지치기한 작은 수풀, 벌통들이 모여 있는 곳으로 안내한다.

이 토할 것 같은 냄새가 나는 건 산사나무인가?

자기 아이들을 에테르로 마취하는, 산사나무의 불모의 몸.

모종의 수술이 행해지고 있는 건가?

내 이웃들이 기다리고 있는 건 외과 의사다,

  이 유령은 녹색 헬멧에,

  반짝이는 장갑과 흰 차림새를 하고 있다.

  그건 정육점 주인, 식료품점 직원, 우편배달부, 내가 아는 그
누구인가?

  나는 달릴 수가 없다, 꼼짝도 못하고 있다. 그리고
가시금작화는 내게 상처를 입힌다

  그 노란 돈주머니들과 못투성이 무기고로.

  난 달리기만 한다면 틀림없이 영원히 달릴 텐데.

  흰 벌통은 처녀처럼 아늑하다,

  새끼 벌을 키우는 벌집 구멍들, 그녀의 꿀을 밀봉하고, 조용히
윙윙거린다.

  연기가 흘러나와 작은 수풀을 스카프처럼 두른다.

  벌통의 정신은 이것이 모든 것의 끝이라고 여긴다.

  그들이 여기로 온다, 척후병들이, 히스테리 상태의 고무줄을
타고.

  내가 정말 가만히 있기만 하면, 나를 카우 파슬리°라고
생각하겠지,

  그들의 적개심에도 상처받지 않는 아둔한 머리,

고개도 까딱하지 않는, 생나무 울타리 속의 인물 형상이라고.
마을 사람들이 작은 방들을 연다, 여왕벌을 잡으려는 중이다.
그녀는 숨었을까, 꿀을 먹고 있을까? 그녀는 매우 영리하다.
그녀는 늙었고, 늙었고, 늙었다, 한 해 더 살아야 한다,
그리고 자신도 그걸 안다.
그사이 빗살이음의 벌집 구멍에서 새로 온 처녀 벌들은

필시 자신들이 승리하게 될 결투를 꿈꾼다,
신부 비행에서부터 그들을 분리하는 밀랍의 커튼,
자신을 사랑하는 천국으로 올라가는 살인범 암컷의 비행.
마을 사람들은 처녀 벌들을 이동시키지만, 죽이는 일은 없을
것이다.
늙은 여왕벌은 자신을 드러내지 않는다, 그녀는 그토록
고마운 줄 모르는 건가?

나는 지쳤다, 나는 지쳤다──
칼들이 암전暗轉된 하얀 기둥.
나는 겁내며 피하지 않는 마술사의 소녀다.
마을 사람들은 위장복을 벗고 있다, 그들은 악수를 하고 있다.
작은 수풀 속의 저 길고 흰 상자는 누구의 것인가, 그들은
무엇을 해냈는가, 나는 왜 냉담한가.

○ 카우 파슬리(cow parsley)는 작고 하얀 꽃들이 많이 달려 있는 유럽산 야생화로, 영국에서 쉽게 볼 수 있는 허브 식물이다.

벌 상자의 도착

나는 이걸 주문했다, 이 깨끗한 나무 상자
의자처럼 네모나고 들어올리기엔 너무 무겁다.
말하자면 그건 난쟁이나
네모꼴 아기의 관이었을 거야
그 안에서 저런 소음만 안 들린다면.

상자는 잠겨 있다, 그건 위험하지.
나는 밤새 상자와 있어야 한다
그리고 그걸 멀리 둘 수도 없다.
창문이 없다, 그래서 그 속에 뭐가 들었는지 볼 수도 없다.
단지 작은 격자가 있을 뿐, 출구는 없다.

나는 그 격자에 눈을 대어본다.
깜깜하다, 깜깜하다,
수출용의 아주 작고 쪼그라든
아프리카인들의 손이 우글대는 느낌,
검은색에 또 검은색, 화난 듯 기어오른다.

어떻게 하면 그들을 풀어줄 수 있을까?
무엇보다 나를 오싹하게 하는 건 저 소음,
이해할 수 없는 음절들이다.
로마 군중 같다,

하나하나로 치면 작지만, 함께 모이면, 맙소사!

맹렬한 라틴어에 내 귀를 갖다 댄다.
나는 카이사르가 아니다.
단지 미치광이들이 든 상자 하나를 주문했을 뿐.
그들을 되돌려 보낼 수 있다.
그들을 죽일 수도 있다. 먹이를 주지 않으면 된다, 내가
주인이다.

그들이 얼마나 배고픈지 궁금하다.
그들이 나를 잊을지 궁금하다
내가 자물쇠를 풀고 물러서서 나무로 변한다면.
금사슬나무가 있다. 그 금발의 주랑들,
그리고 벚나무의 페티코트들이.

그들은 곧 무시할지도 모른다
달 우주복을 입고 장례식 망사를 쓴 나를.
나는 밀원蜜源이 아니다
그러니 그들이 내게 왜 달려들겠는가?
내일 나는 상냥한 신이 되어, 그들을 풀어줘야지.

상자는 일시적일 뿐.

벌침

맨손으로, 나는 벌집을 건넨다.
흰옷 입은 남자가 미소 짓는다, 맨손으로,
깔끔하고 기분 좋은 우리의 무명 목장갑,
우리 손목의 소맷부리는 백합꽃들에게 도전장을 낸다
그와 나

우리 사이에 천 개의 깨끗한 벌집 구멍이 있다,
노란 컵들로 된 여덟 개의 벌집,
그리고 벌통은 그 자체로 찻잔이다,
분홍 꽃들이 새겨진 흰 찻잔.
나는 넘치는 사랑으로 거기에 에나멜 칠을 했다

'달콤함, 달콤함'을 상상하면서.
조개 화석 같은 잿빛 번식용 벌집 구멍들이
나를 두렵게 한다, 너무 낡은 것 같다.
내가 뭘 산 거지, 벌레 먹은 마호가니?
이 안에 여왕벌이 있긴 한 걸까?

있다 해도, 늙었겠지,
그녀의 날개는 찢어진 숄, 그녀의 긴 몸뚱이는
플러시 천에 쓸려 벗겨지고——
초라하고 벌거벗었고 여왕 같지 않고 수치스럽기까지 하겠지.

나는 서 있다

날개 달린, 놀라울 것도 없는 여자들,
꿀 따는 일꾼들이 일렬로 늘어선 줄에.
나는 일꾼이 아니다
수년 동안 먼지를 마시고
숱 많은 내 머리카락으로 접시의 물기를 닦아왔음에도.

그리고 나의 기이함이 증발하는 것을 보았다,
위험한 살갗으로부터 파란 이슬이 되어.
그들이 날 미워할까,
총총걸음으로 뛰어갈 뿐인 이 여자들,
활짝 핀 벚꽃, 활짝 핀 클로버가 뉴스거리인 그들이?

거의 끝났다.
나는 잘 해내고 있다.
여기 내 꿀 제조기가 있다,
생각 같은 걸 하지 않으면서도 잘 작동하겠지,
부지런한 처녀처럼, 봄이 오면 개시하겠지

크림같이 눅진한 꽃술들을 찾아다니는 일을
마치 달이 자신의 상아 가루를 찾아 바다를 훑듯이.

제3의 인물이 지켜보고 있다.

그는 벌 판매상과도 나와도 상관이 없다.

이제 그는 가버렸다

여덟 번을 높이 튀어 오르고는, 위대한 희생양이 되어.

그의 슬리퍼가 있다. 여기 다른 한 짝이 있다.

그리고 사각의 흰 아마포가 있다

그가 모자 대신 썼던 것이다.

그는 다정했다.

그가 애써서 흘린 땀은

세상을 끌어당겨 열매를 맺게 하는 비.

벌들은 그를 발견하고는,

그의 입술을 거짓말처럼 주조해서,

그의 생김새를 이해하기 힘들게 만들었다.

그들은 죽음이 그만한 가치가 있다고 여겼다. 그러나 나는

되찾아야 할 자아가 있다. 여왕이라는.

그녀는 죽었는가, 잠자고 있는가?

그녀는 어디에 있었나?

사자처럼 붉은 몸에, 유리 날개를 달고서.

지금 그녀는 날고 있다
어느 때보다도 끔찍하게,
하늘의 붉은 흉터,
그녀를 죽인 엔진 위를 지나가는 붉은 혜성처럼——
웅장한 무덤, 밀랍의 집.

겨울나기°

지금은 편안한 시간이다, 일이 하나도 없다.
나는 산파의 흡입 분만기를 빙빙 돌렸다,
나에겐 꿀이 있다,
여섯 개의 꿀 단지,
와인 저장실에는 여섯 마리 고양이의 눈,

창 없는 어두운 곳에서 겨울나기
집의 중심에서
지난번 세입자가 두고 간 맛이 간 잼
그리고 텅 빈 반짝거림으로 채워진 빈 병들 옆에서——
아무개 선생의 독한 진.

이곳은 내가 들어가본 적 없는 방이다.
이곳은 내가 숨을 절대 들이쉴 수 없는 방이다.
암흑이 박쥐처럼 저기 무리지어 있다,
빛도 없이
그러나 횃불과 그 희미한

중국풍 노란색이 드리워진 오싹한 물건들——
검은 고집스러움. 퇴락.
사로잡힘.
나를 차지한 것은 그들이다.

그들은 잔인하지도 않고 무심하지도 않다,

단지 무지할 뿐.
벌들에게 지금은 버티는 시간——벌들은
너무 느려서 나는 그들을 도저히 알 수가 없다,
그들은 군인처럼 줄지어 행진한다
시럽 깡통을 향해

내가 가져간 꿀을 보충하기 위해.
테이트앤라일사社의 설탕이 그들을 계속 살아가게 한다,
정제된 눈雪.
꽃 대신, 그들이 먹고 사는 건 테이트앤라일이다.
그들은 그것을 먹는다. 추위가 시작된다.

이제 그들은 한 덩어리의 공 모양으로 뭉치고,
검은
정신은 저 모든 흰색에 대항한다.
눈의 미소는 희다.
그것은 펼쳐져 있다, 마이센 도자기의 1마일 길이나 되는
몸체처럼,

따뜻한 날

벌들이 그들의 시신을 옮길 수 있는 데까지.
벌들은 모두 암컷이다,
하녀들과 기다란 왕족 여인.
그들은 수컷들을 없애버렸다,

무디고 서툴러서 비틀대는 것들, 그 촌뜨기들을.
겨울은 여자들을 위한 것——
그 여자는, 가만히 뜨개질을 하고 있다,
스페인산 호두나무 요람에서,
그녀의 몸은 추위 속 한 개의 구근이고 너무 멍해져 아무
생각도 할 수 없다.

벌통은 살아남으려나, 글라디올러스 꽃들은
또 다른 해를 시작하기 위해
자기의 불을 묻어두는 데 성공하려나?
그들은 무엇을 맛볼까, 크리스마스 로즈?
벌들이 날고 있다. 그들은 봄을 맛본다.

○ 겨울이 되면 벌들은 벌집을 떠나지 않고 서로 몸을 밀착시킨 채 봉구(蜂球)를
이룬다. 벌들이 날개를 계속 비벼대기 때문에 봉구는 따뜻하다. 식량을 아끼기 위해
일벌인 암벌들은 가을부터 숫벌들을 벌집 바깥으로 쫓아내기에 겨울 벌집 속에는
여왕벌과 암컷 일벌들만 남아 있다. 벌들은 벌집을 깨끗하게 관리하려고 죽은
일벌들의 사체는 멀리 내다버린다고 한다.

2부

『「에어리얼」과 그 외 시들』 원고
복사본

ARIEL

and other poems

by

Sylvia Plath

DADDY

and other poems

by

Sylvia Plath

DADDY

and other poems

by

Sylvia Plath

ARIEL and other poems   Sylvia Plath

for

Frieda and Nicholas

ARIEL and Other Poems   Sylvia Plath

MORNING SONG: Obs:Partisan Rev:BBC:Hutchinson Anth:

THE COURIERS: London Mag

THE RABBIT CATCHER:Obs:BBC:

THALIDOMIDE:

THE APPLICANT: London Mag:

BARREN WOMAN: London Mag:

LADY LAZARUS:

TULIPS: New Yorker: Mermaid Festival 1961: PEN 1963

A SECRET:

THE JAILOR:

CUT: London Mag

ELM: New Yorker:

THE NIGHT DANCES:

THE DETECTIVE:

ARIEL: Observer:
        DEATH & CO.:

MAGI: New Statesman:

LESBOS:

THE OTHER:

STOPPED DEAD: London Mag:

POPPIES IN OCTOBER: Observer:

THE COURAGE OF QUIETNESS:

NICK AND THE CANDLESTICK:

BERCK-PLAGE :BBC: London Mag

GULLIVER:

GETTING THERE:

MEDUSA:

PURDAH : Poetry

THE MOON AND THE YEW TREE :New Yorker:BBC:PEN 1963:

A BIRTHDAY PRESENT:

LETTER IN NOVEMBER : London mag

AMNESIAC : New Yorker

THE RIVAL :Obs:

DADDY:

YOU'RE : Harper's:London Mag:BBC:

FEVER 103° : Poetry

THE BEE MEETING : London Mag

THE ARRIVAL OF THE BEE BOX: Atlantic Monthly

STINGS : London Mag

(THE SWARM)

WINTERING: Atlantic Monthly

Morning Song

Love set you going like a fat gold watch.
The midwife slapped your footsoles, and your bald cry
Took its place among the elements.

Our voices echo, magnifying your arrival. New statue
In a drafty museum, your nakedness
Shadows our safety. We stand round blankly as walls.

I'm no more your mother
Than the cloud that distils a mirror to reflect its own slow
Effacement at the wind's hand.

All night your moth-breath
Flickers among the flat pink roses. I wake to listen:
A far sea moves in my ear.

One cry, and I stumble from bed, cow-heavy and floral
In my Victorian nightgown.
Your mouth opens clean as a cat's. The window square

Whitens and swallows its dull stars. And now you try
Your handful of notes;
The clear vowels rise like balloons.

The Couriers

The word of a snail on the plate of a leaf?
It is not mine. Do not accept it.

Acetic acid in a sealed tin?
Do not accept it. It is not genuine.

A ring of gold with the sun in it?
Lies. Lies and a grief.

Frost on a leaf, the immaculate
Cauldron, talking and crackling

All to itself on the top of each
Of nine black Alps,

A disturbance in mirrors,
The sea shattering its grey one---

Love, love, my season.

The Rabbit Catcher

It was a place of force---
The wind gagging my mouth with my own blown hair,
Tearing off my voice, and the sea
Blinding me with its lights, the lives of the dead
Unreeling in it, spreading like oil.

I tasted the malignity of the gorse,
Its black spikes,
The extreme unction of its yellow candle-flowers.
They had an efficiency, a great beauty,
And were extravagant, like torture.

There was only one place to get to.
Simmering, perfumed,
The paths narrowed into the hollow.
And the snares almost effaced themselves---
Zeroes, shutting on nothing,

Set close, like birth pangs.
The absence of shrieks
Made a hole in the hot day, a vacancy.
The glassy light was a clear wall,
The thickets quiet.

I felt a still busyness, an intent.
I felt hands round a tea mug, dull, blunt,
Ringing the white china.
How they awaited him, those little deaths!
They waited like sweethearts. They excited him.

And we, too, had a relationship---
Tight wires between us,
Pegs too deep to uproot, and a mind like a ring
Sliding shut on some quick thing,
The constriction killing me also.

Thalidomide

O half moon---

Half-brain, luminosity---
Negro, masked like a white,

Your dark
Amputations crawl and appal---

Spidery, unsafe.
What glove

What leatheriness
Has protected

Me from that shadow---
The indelible buds,

Knuckles at shoulder-blades, the
Faces that

Shove into being, dragging
The lopped

Blood-caul of absences.
All night I carpenter

A space for the thing I am given,
A love

Of two wet eyes and a screech.
White spit

Of indifference!
The dark fruits revolve and fall.

The glass cracks across,
The image

Flees and aborts like dropped mercury.

The Applicant

First, are you our sort of person?
Do you wear
A glass eye, false teeth or a crutch,
A brace or a hook,
Rubber breasts or a rubber crotch,

Stitches to show something's missing? No, no? Then
How can we give you a thing?
Stop crying.
Open your hand.
Empty? Empty. Here is a hand

To fill it and willing
To bring teacups and roll away headaches
And do whatever you tell it.
Will you marry it?
It is guaranteed

To thumb shut your eyes at the end
And dissolve of sorrow.
We make new stock from the salt.
I notice you are stark naked.
How about this suit---

Black and stiff, but not a bad fit.
Will you marry it?
It is waterproof, shatterproof, proof
Against fire and bombs through the roof.
Believe me, they'll bury you in it.

Now your head, excuse me, is empty.
I have the ticket for that.
Come here, sweetie, out of the closet.
Well, what do you think of that?
Naked as paper to start

The Applicant (2)

But in twenty-five years she'll be silver,
In fifty, gold.
A living doll, everywhere you look.
It can sew, it can cook,
It can talk, talk, talk.

It works, there is nothing wrong with it.
You have a hole, it's a poultice.
You have an eye, it's an image.
My boy, it's your last resort.
Will you marry it, marry it, marry it.

Barren Woman

Empty, I echo to the least footfall,
Museum without statues, grand with pillars, porticoes, rotundas.
In my courtyard a fountain leaps and sinks back into itself,
Nun-hearted and blind to the world. Marble lilies
Exhale their pallor like scent.

I imagine myself with a great public,
Mother of a white Nike and several bald-eyed Apollos.
Instead, the dead injure me with attentions, and nothing can happen.
The moon lays a hand on my forehead,
Blank-faced and mum as a nurse.

Lady Lazarus

I have done it again.
One year in every ten
I manage it---

A sort of walking miracle, my skin
Bright as a Nazi lampshade,
My right foot

A paperweight,
My face a featureless, fine
Jew linen.

Peel off the napkin
O my enemy.
Do I terrify?---

The nose, the eye pits, the full set of teeth?
The sour breath
Will vanish in a day.

Soon, soon the flesh
The grave cave ate will be
At home on me

And I a smiling woman.
I am only thirty.
And like the cat I have nine times to die.

This is Number Three.
What a trash
To annihilate each decade.

What a million filaments!
The peanut-crunching crowd
Shoves in to see

Them unwrap me hand and foot——
The big strip tease.
Gentlemen, ladies

These are my hands
My knees.
I may be skin and bone,

Nevertheless, I am the same, identical woman.
The first time it happened I was ten.
It was an accident.

The second time I meant
To last it out and not come back at all.
I rocked shut

As a seashell.
They had to call and call
And pick the worms off me like sticky pearls.

Dying
Is an art, like everything else.
I do it exceptionally well.

I do it so it feels like hell.
I do it so it feels real.
I guess you could say I've a call.

It's easy enough to do it in a cell.
It's easy enough to do it and stay put.
It's the theatrical

Lady Lazarus (3)

Comeback in broad day   .
To the same place, the same face, the same brute
Amused shout:

'A miracle!'
That knocks me out.
There is a charge

For the eyeing of my scars, there is a charge
For the hearing of my heart---
It really goes!

And there is a charge, a very large charge
For a word or a touch
Or a bit of blood

Or a piece of my hair or my clothes!
So, so, Herr Doktor!
So, Herr Enemy.

I am your opus,
I am your valuable,
The pure gold baby

That melts to a shriek.
I turn and burn.
Do not think I underestimate your great concern!

Ash, ash/—
You poke and stir.
Flesh, bone, there is nothing there/---

A cake of soap,
A wedding ring,
A gold filling.

Lady Lazarus (4)

Herr God, Herr Lucifer
Beware
Beware.

Out of the ash
I rise with my red hair
And I eat men like air.

Tulips

The tulips are too excitable, it is winter here.
Look how white everything is, how quiet, how snowed-in.
I am learning peacefulness, lying by myself quietly
As the light lies on these white walls, this bed, these hands.
I am nobody; I have nothing to do with explosions.
I have given my name and my day-clothes up to the nurses
And my history to the anesthetist and my body to surgeons.

They have propped my head between the pillow and the sheet-cuff
Like an eye between two white lids that will not shut.
Stupid pupil, it has to take everything in.
The nurses pass and pass, they are no trouble,
They pass the way gulls pass inland in their white caps,
Doing things with their hands, one just the same as another,
So it is impossible to tell how many there are.

My body is a pebble to them, they tend it as water
Tends to the pebbles it must run over, smoothing them gently.
They bring me numbness in their bright needles, they bring me sleep.
Now I have lost myself I am sick of baggage---
My patent leather overnight case like a black pillbox,
My husband and child smiling out of the family photo;
Their smiles catch onto my skin, little smiling hooks.

I have let things slip, a thirty-year-old cargo boat
Stubbornly hanging on to my name and address.
They have swabbed me clear of my loving associations.
Scared and bare on the green plastic-pillowed trolley
I watched my teaset, my bureaus of linen, my books
Sink out of sight, and the water went over my head.
I am a nun now, I have never been so pure.

(next page)

Tulips (2)

I didn't want any flowers, I only wanted
To lie with my hands turned up and be utterly empty.
How free it is, you have no idea how free---
The peacefulness is so big it dazes you,
And it asks nothing, a name tag, a few trinkets.
It is what the dead close on, finally; I imagine them
Shutting their mouths on it, like a Communion tablet.

The tulips are too red in the first place, they hurt me.
Even through the gift paper I could hear them breathe
Lightly, through their white swaddlings, like an awful baby.
Their redness talks to my wound, it corresponds.
They are subtle: they seem to float, though they weigh me down,
Upsetting me with their sudden tongues and their color,
A dozen red lead sinkers round my neck.

Nobody watched me before, now I am watched.
The tulips turn to me, and the window behind me
Where once a day the light slowly widens and slowly thins,
And I see myself, flat, ridiculous, a cut-paper shadow
Between the eye of the sun and the eyes of the tulips,
And I have no face, I have wanted to efface myself.
The vivid tulips eat my oxygen.

Before they came the air was calm enough,
Coming and going, breath by breath, without any fuss.
Then the tulips filled it up like a loud noise.
Now the air snags and eddies round them the way a river
Snags and eddies round a sunken rust-red engine.
They concentrate my attention, that was happy
Playing and resting without committing itself.

The walls, also, seem to be warming themselves.
The tulips should be behind bars like dangerous animals;
They are opening like the mouth of some great African cat,
And I am aware of my heart: it opens and closes
Its bowl of red blooms out of sheer love of me.
The water I taste is warm and salt, like the sea,
And comes from a country far away as health.

A Secret

A secret! A secret!
How superior.
You are blue and huge, a traffic policeman,
Holding up one palm---

A difference between us?
I have one eye, you have two.
The secret is stamped on you,
Faint, undulant watermark.

Will it show in the black detector?
Will it come out
Wavery, indelible, true
Through the African giraffe in its Edeny greenery,

The Moroccan hippopotamus?
They stare from a square, stiff frill.
They are for export,
One a fool, the other a fool.

A secret! An extra amber
Brandy finger
Roosting and cooing 'You, you'
Behind two eyes in which nothing is reflected but monkeys.

A knife that can be taken out
To pare nails,
To lever the dirt.
'It won't hurt.'

An illegitimate baby—
That big blue head.
How it breathes in the bureau drawer.
'Is that lingerie, pet?

A Secret (2)

'It smells of salt cod, you had better
Stab a few cloves in an apple,
Make a sachet or
Do away with the bastard.

Do away with it altogether.'
'No, no, it is happy there.'
'But it wants to get out!
Look, look! It is wanting to crawl.'

My god, there goes the stopper!
The cars in the Place de la Concorde---
Watch out!
A stampede, a stampede---

Horns twirling, and jungle gutterals.
An exploded bottle of stout,
Slack foam in the lap.
You stumble out,

Dwarf baby,
The knife in your back.
'I feel weak.'
The secret is out.

The Jailor

My night sweats grease his breakfast plate.
The same placard of blue fog is wheeled into position
With the same trees and headstones.
Is that all he can come up with,
The rattler of keys?

I have been drugged and raped.
Seven hours knocked out of my right mind
Into a black sack
Where I relax, foetus or cat,
Lever of his wet dreams.

Something is gone.
My sleeping capsule, my red and blue zeppelin
Drops me from a terrible altitude.
Carapace smashed,
I spread to the beaks of birds.

O little gimlets———
What holes this papery day is already full of!
He has been burning me with cigarettes,
Pretending I am a negress with pink paws.
I am myself. That is not enough.

The fever trickles and stiffens in my hair.
My ribs show. What have I eaten?
Lies and smiles.
Surely the sky is not that color,
Surely the grass should be rippling.

All day, gluing my church of burnt matchsticks,
I dream of someone else entirely.

The Jailor (2)

And he, for this subversion
Hurts me, he
With his armory of fakery,

His high, cold masks of amnesia.
How did I get here?
Indeterminate criminal,
I die with variety---
Hung, starved, burned, hooked.

I imagine him
Impotent as distant thunder,
In whose shadow I have eaten my ghost ration.
I wish him dead or away.
That, it seems, is the impossibility.

That being free. What would the dark
Do without fevers to eat?
What would the light
Do without eyes to knife, what would he
Do, do, do without me.

Cut

for Susan O'Neill Roe

What a thrill/—
My thumb instead of an onion.
The top quite gone
Except for a sort of a hinge

Of skin,
A flap like a hat,
Dead white.
Then that red plush.

Little pilgrim,
The Indian's axed your scalp.
Your turkey wattle
Carpet rolls

Straight from the heart.
I step on it,
Clutching my bottle
Of pink fizz.

A celebration, this is.
Out of a gap
A million soldiers run,
Redcoats, every one.

Whose side are they on?
O my
Homunculus, I am ill.
I have taken a pill to kill

The thin
Papery feeling.
Saboteur,
Kamikaze man---

Cut (2)

The stain on your
Gauze Ku Klux Klan
Babushka
Darkens and tarnishes and when

The balled
Pulp of your heart
Confronts its small
Mill of silence

How you jump---
Trepanned veteran,
Dirty girl,
Thumb stump.

Elm

(for Ruth Fainlight)

I know the bottom, she says. I know it with my great tap root:
It is what you fear.
I do not fear it: I have been there.

Is it the sea you hear in me,
Its dissatisfactions?
Or the voice of nothing, that was your madness?

Love is a shadow.
How you lie and cry after it
Listen: these are its hooves: it has gone off, like a horse.

All night I shall gallop thus, impetuously,
Till your head is a stone, your pillow a little turf,
Echoing, echoing.

Or shall I bring you the sound of poisons?
This is rain now, this big hush.
And this is the fruit of it: tin-white, like arsenic.

I have suffered the atrocity of sunsets.
Scorched to the root
My red filaments burn and stand, a hand of wires.

Now I break up in pieces that fly about like clubs.
A wind of such vidence
Will tolerate no bystanding: I must shriek.

The moon, also, is merciless: she would drag me
Cruelly, being barren.
Her radiance scathes me. Or perhaps I have caught her.

(next page)

Elm (2)

I let her go. I let her go
Diminished and flat, as after radical surgery.
How your bad dreams possess and endow me!

I am inhabited by a cry.
Nightly it flaps out
Looking, with its hooks, for something to love.

I am terrified by this dark thing
That sleeps in me;
All day I feel its soft, feathery turnings, its malignity.

Clouds pass and disperse.
Are those the faces of love, those pale irretrievables?
Is it for such I agitate my heart?

I am incapable of more knowledge.
What is this, this face
So murderous in its strangle of branches?---

Its snaky acids hiss.
It petrifies the will. These are the isolate, slow faults
That kill, that kill, that kill.

The Night Dances

A smile fell in the grass.
Irretrievable!

And how will your night dances
Lose themselves. In mathematics?

Such pure leaps and spirals---
Surely they travel

The world forever, I shall not entirely
Sit emptied of beauties, the gift

Of your small breath, the drenched grass
Smell of your sleeps, lilies, lilies.

Their flesh bears no relation.
Cold folds of ego, the calla,

And the tiger, embellishing itself---
Spots, and a spread of hot petals.

The comets
Have such a space to cross,

Such coldness, forgetfulness.
So your gestures flake off---

Warm and human, then their pink light
Bleeding and peeling

Through the black amnesias of heaven.
Why am I given

The Night Dances (2)

These lamps, these planets
Falling like blessings, like flakes

Six-sided, white
On my eyes, my lips, my hair

Touching and melting.
Nowhere.

The Detective

What was she doing when it blew in
Over the seven hills, the red furrow, the blue mountain?
Was she arranging cups? It is important.
Was she at the window, listening?
In that valley the train shrieks echo like souls on hooks.

That is the valley of death, though the cows thrive.
In her garden the lies were shaking out their moist silks
And the eyes of the killer moving sluglike and sidelong,
Unable to face the fingers, those egotists.
The fingers were tamping a woman into a wall,

A body into a pipe, and the smoke rising.
This is the smell of years burning, here in the kitchen,
These are the deceits, tacked up like family photographs,
And this is a man, look at his smile,
The death weapon? No-one is dead.

There is no body in the house at all.
There is the smell of polish, there are plush carpets.
There is the sunlight, playing its blades,
Bored hoodlum in a red room
Where the wireless talks to itself like an elderly relative.

Did it come like an arrow, did it come like a knife?
Which of the poisons is it?
Which of the nerve-curlers, the convulsors? Did it electrify?
This is a case without a body.
The body does not come into it at all.

It is a case of vaporization.
The mouth first, its absence reported
In the second year. It had been insatiable

The Detective (2)

And in punishment was hung out like brown fruit
To wrinkle and dry.

The breasts next.
These were harder, two white stones.
The milk came yellow, then blue and sweet as water.
There was no absence of lips, there were two children,
But their bones showed, and the moon smiled.

Then the dry wood, the gates,
The brown motherly furrows, the whole estate.
We walk on air, Watson.
There is only the moon, embalmed in phosphorus.
There is only a crow in a tree. Make notes.

Ariel

Stasis in darkness.
Then the substanceless blue
Pour of tor and distances.

God's lioness,
How one we grow,
Pivot of heels and knees!--The furrow

Splits and passes, sister to
The brown arc
Of the neck I cannot catch,

Nigger-eye
Berries cast dark
Hooks---

Black sweet blood mouthfuls,
Shadows.
Something else

Hauls me through air---
Thighs, hair;
Flakes from my heels.

White
Godiva, I unpeel---
Dead hands, dead stringencies.

And now I
Foam to wheat, a glitter of seas.
The child's cry

Ariel (2)

Melts in the wall.
And I
Am the arrow,

The dew that flies
Suicidal, at one with the drive
Into the red

Eye, the cauldron of morning.

Death & Co.

Two. Of course there are two.
It seems perfectly natural now---
The one who never looks up, whose eyes are lidded
And balled, like Blake's,
Who exhibits

The birthmarks that are his trademark---
The scald scar of water,
The nude
Verdigris of the condor.
I am red meat. His beak

Claps sidewise: I am not his yet.
He tells me how badly I photograph.
He tells me how sweet
The babies look in their hospital
Icebox, a simple

Frill at the neck,
Then the flutings of their Ionian
Death-gowns,
Then two little feet.
He does not smile or smoke.

The other does that,
His hair long and plausive.
Bastard
Masturbating a glitter,
He wants to be loved.

I do not stir.
The frost makes a flower,
The dew makes a star.
The dead bell,
The dead bell.

Somebody's done for.

Magi

The abstracts hover like dull angels:
Nothing so vulgar as a nose or an eye
Bossing the ethereal blanks of their face-ovals.

Their whiteness bears no relation to laundry,
Snow, chalk or suchlike. They're
The real thing, all right: the Good, the True---

Salutary and pure as boiled water,
Loveless as the multiplication table.
While the child smiles into thin air.

Six months in the world, and she is able
To rock on all fours like a padded hammock.
For her, the heavy notion of Evil

Attending her cot is less than a belly ache,
And Love the mother of milk, no theory.
They mistake their star, these papery godfolk.

They want the crib of some lamp-headed Plato.
Let them astound his heart with their merit.
What girl ever flourished in such company?

Lesbos

Viciousness in the kitchen!
The potatoes hiss.
It is all Hollywood, windowless,
The fluorescent light wincing on and off like a terrible migraine,
Coy paper strips for doors---
Stage curtains, a widow's frizz.
And I, love, am a pathological liar,
And my child---look at her, face down on the floor,
Little unstrung puppet, kicking to disappear---
Why she is a schizophrenic,
Her face red and white, a panic.
You have stuck her kittens outside your window
In a sort of cement well
Where they crap and puke and cry and she can't hear.
You say you can't stand her,
The bastard's a girl.
You who have blown your tubes like a bad radio
Clear of voices and history, the staticky
Noise of the new.
You say I should drown the kittens. Their smell!
You say I should drown my girl.
She'll cut her throat at ten if she's mad at two.
The baby smiles, fat snail,
From the polished lozenges of orange linoleum.
You could eat him. He's a boy.
You say your husband is just no good to you,
His Jew-mama guards his sweet sex like a pearl.
You have one baby, I have two.
I should sit on a rock off Cornwall and comb my hair.
I should wear tiger pants, I should have an affair.
We should meet in another life, we should meet in air,
Me and you.

Meanwhile there's a stink of fat and baby crap.
I'm doped and thick from my last sleeping pill.
The smog of cooking, the smog of hell
Floats our heads, two venomous opposites,
Our bones, our hair.
I call you Orphan, orphan. You are ill.
The sun gives you ulcers, the wind gives you t.b.
Once you were beautiful.
In New York, Hollywood, the men said: 'Through?
Gee baby, you are rare.'
You acted, acted, acted for the thrill.
The impotent husband slumps out for a coffee.
I try to keep him in,
An old pole for the lightning,
The acid baths, the skyfuls off of you.
He lumps it down the plastic cobbled hill,
Flogged trolley. The sparks are blue.
The blue sparks spill,
Splitting like quartz into a million bits.

O jewel! O valuable!
That night the moon
Dragged its blood bag, sick
Animal
Up over the harbor lights.
And then grew normal,
Hard and apart and white.
The scale-sheen on the sand scared me to death.
We kept picking up handfuls, loving it,
Working it like dough, a mulatto body,
The silk grits.
A dog picked up your doggy husband. They went on.

Now I am silent, hate
Up to my neck,
Thick, thick!

I do not speak.
I am packing the hard potatoes like good clothes,
I am packing the babies,
I am packing the sick cats.
O vase of acid,
It is love you are full of. You know who you hate.
He is hugging his ball and chain down by the gate
That opens to the sea
Where it drives in, white and black,
Then spews it back.
Every day you fill him with soul-stuff, like a pitcher.
You are so exhausted.
Your voice my ear-ring,
Flapping and sucking, blood-loving bat.
That is that. That is that.
You peer from the door,
Sad hag. 'Every woman's a whore.
I can't communicate.'

I see your cute décor
Close on you like the fist of a baby
Or an anemone, that sea
Sweetheart, that kleptomaniac.
I am still raw.
I say I may be back.
You know what lies are for.

Even in your Zen heaven we shan't meet.

The Other

You come in late, wiping your lips.
What did I leave untouched on the doorstep----

White Nike,
Streaming between my walls?

Smilingly, blue lightning
Assumes, like a meathook, the burden of his parts.

The police love you, you confess everything.
Bright hair, shoe-black, old plastic,

Is my life so intriguing?
Is it for this you widen your eye-rings?

Is it for this the air motes depart?
They are not air motes, they are corpuscles.

Open your handbag. What is that bad smell?
It is your knitting, busily

Hooking itself to itself,
It is your sticky candies.

I have your head on my wall.
Navel cords, blue-red and lucent,

Shriek from my belly like arrows, and these I ride.
O moon-glow, o sick one,

The stolen horses, the fornications
Circle a womb of marble.

(next page)

The Other (2)

Where are you going
That you suck breath like mileage?

Sulphurous adulteries grieve in a dream.
Cold glass, how you insert yourself

Between myself and myself
I scratch like a cat.

The blood that runs is dark fruit---
An effect, a cosmetic.

You smile.
No, it is not fatal.

Stopped Dead

A squeal of brakes.
Or is it a birth cry?
And here we are, hung out over the dead drop
Uncle, pants factory Fatso, millionaire?
And you out cold beside me in your chair.

The wheels, two rubber grubs, bite their sweet tails.
Is that Spain down there?
Red and yellow, two passionate hot metals
Writhing and sighing, what sort of a scenery is it?
It isn't England, it isn't France, it isn't Ireland.

It's violent. We're here on a visit,
With a goddam baby screaming off somewhere.
There's always a bloody baby in the air.
I'd call it a sunset, but
Whoever heard a sunset yowl like that?

You are sunk in your seven chins, still as a ham.
Who do you think I am,
Uncle, uncle?
Sad Hamlet, with a knife?
Where do you stash your life?

Is it a penny, a pearl---
Your soul, your soul?
I'll carry it off like a rich pretty girl,
Simply open the door and step out of the car
And live in Gibraltar on air, on air.

Poppies in October

for Helder + Suzetta Macedo

Even the sun-clouds this morning cannot manage such skirts.
Nor the woman in the ambulance
Whose red heart blooms through her coat so astoundingly--- .

A gift, a love gift
Utterly unasked for
By a sky

Palely and flamily
Igniting its carbon monoxides, by eyes
Dulled to a halt under bowlers.

O my God, what am I
That these late mouths should cry open
In a forest of frost, in a dawn of cornflowers.

The Courage of ~~Shutting Up~~

The courage of the shut mouth, in spite of artillery!
The line pink and quiet, a worm, basking.
There are black discs behind it, the discs of outrage,
And the outrage of a sky, the lined brain of it.
The discs revolve, they ask to be heard,

Loaded, as they are, with accounts of bastardies.
Bastardies, usages, desertions and doubleness,
The needle journeying in its groove,
Silver beast between two dark canyons,
A great surgeon, now a tattooist,

Tattooing over and over the same blue grievances,
The snakes, the babies, the tits
On mermaids and two-legged dreamgirls.
The surgeon is quiet, he does not speak.
He has seen too much death, his hands are full of it.

So the discs of the brain revolve, like the muzzles of cannon.
Then there is that antique billhook, the tongue,
Indefatigable, purple. Must it be cut out?
It has nine tails, it is dangerous.
And the noise it flays from the air, once it gets going!

No, the tongue, too, has been put by
Hung up in the library with the engravings of Rangoon
And the fox heads, the otter heads, the heads of dead rabbits.
It is a marvellous object—
The things it has pierced in its time!

But how about the eyes, the eyes, the eyes?
Mirrors can kill and talk, they are terrible rooms
In which a torture goes on one can only watch.

The Courage of Quietness (2)

The face that lived in this mirror is the face of a dead man.
Do not worry about the eyes---

They may be white and shy, they are no stool pigeons,
Their death rays folded like flags

Of a country no longer heard of,
An obstinate independency
Insolvent among the mountains.

Nick and the Candlestick

I am a miner. The light burns blue.
Waxy stalacmites
Drip and thicken, tears

The earthen womb
Exudes from its dead boredom.
Black bat airs

Wrap me, raggy shawls,
Cold homicides.
They weld to me like plums.

Old cave of calcium
Icicles, old echoer
Even the newts are white,

Those holy Joes.
And the fish, the fish---
Christ! they are panes of ice,

A vice of knives,
A piranha
Religion, drinking

Its first communion out of my live toes.
The candle
Gulps and recovers its small altitude,

Its yellow hearten.
O love, how did you get here?
O embryo

Remembering, even in sleep,
Your crossed position.
The blood blooms clean

Nick and the Candlestick (2)

In you, ruby.
The pain
You wake to is not yours.

Love, love,
I have hung our cave with roses,
With soft rugs---

The last of Victoriana.
Let the stars
Plummet to their dark address,

Let the mercuric
Atoms that cripple drip
Into the terrible well,

You are the one
Solid the spaces lean on, envious.
You are the baby in the barn.

Berck-Plage

1.
This is the sea, then, this great abeyance.
How the sun's poultice draws on my inflammation

Electrifyingly-colored sherbets, scooped from the freeze
By pale girls, travel the air in scorched hands.

Why is it so quiet, what are they hiding?
I have two legs, and I move smilingly.

A sandy damper kills the vibrations;
It stretches for miles, the shrunk voices

Waving and crutchless, half their old size.
The lines of the eye, scalded by these bald surfaces,

Boomerang like anchored elastics, hurting the owner..
Is it any wonder he puts on dark glasses?

Is it any wonder he affects a black cassock?
Here he comes now, among the mackerel gatherers

Who wall up their backs against him.
They are handling the black and green lozenges like the parts of a body.

The sea, that crystallized these,
Creeps away, many-snaked, with a long hiss of distress.

2.
This black boot has no mercy for anybody.
Why should it, it is the hearse of a dead foot,

The high, dead, toeless foot of this priest
Who plumbs the well of his book,

(next page)

The bent print bulging before him like scenery.
Obscene bikinis hide in the dunes,

Breasts and hips a confectioner's sugar
Of little crystals, titillating the light,

While a green pool opens its eye,
Sick with what it has swallowed---

Limbs, images, shrieks. Behind the concrete bunkers
Two lovers unstick themselves.

O white sea-crockery,
What cupped sighs, what salt in the throat!

And the onlooker, trembling,
Drawn like a long material

Through a still virulence,
And a weed, hairy as privates.

3.
On the balconies of the hotel, things are glittering.
Things, things---

Tubular steel wheelchairs, aluminum crutches.
Such salt-sweetness. Why should I walk

Beyond the breakwater, spotty with barnacles?
I am not a nurse, white and attendant,

I am not a smile.
These children are after something, with hooks and cries,

And my heart too small to bandage their terrible faults.
This is the side of a man: his red ribs,

Berck-Plage (3)

The nerves bursting like trees, and this is the surgeon:
One mirrory eye---

A facet of knowledge.
On a striped mattress in one room

An old man is vanishing.
There is no help in his weeping wife.

Where are the eye-stones, yellow and valuable,
And the tongue, sapphire of ash.

4.
A wedding-cake face in a paper frill.
How superior he is now.

It is like possessing a saint.
The nurses in their wing-caps are no longer so beautiful;

They are browning, like touched gardenias.
The bed is rolled from the wall.

This is what it is to be complete. It is horrible.
Is he wearing pajamas or an evening suit

Under the glued sheet from which his powdery beak
Rises so whitely, unbuffeted?

They propped his jaw with a book until it stiffened
And folded his hands, that were shaking: goodbye, goodbye.

Now the washed sheets fly in the sun,
The pillow cases are sweetening.

It is a blessing, it is a blessing:
The long coffin of soap-colored oak,

The curious bearers and the raw date
Engraving itself in silver with marvelous calm.

5.

The grey sky lowers, the hills like a green sea
Run fold upon fold far off, concealing their hollows,

The hollows in which rock the thoughts of the wife---
Blunt, practical boats

Full of dresses and hats and china and married daughters.
In the parlor of the stone house

One curtain is flickering from the open window,
Flickering and pouring, a pitiful candle.

This is the tongue of the dead man: remember, remember.
How far he is now, his actions

Around him like livingroom furniture, like a décor.
As the pallors gather---

The pallors of hands and neighborly faces,
The elate pallors of flying iris.

They are flying off into nothing: remember us.
The empty benches of memory look over stones,

Marble façades with blue veins, and jelly-glassfuls of daffodils.
It is so beautiful up here: it is a stopping place.

6.

The unnatural fatness of these lime leaves!---
Pollarded green balls, the trees march to church.

The voice of the priest, in thin air,
Meets the corpse at the gate,

Addressing it, while the hills roll the notes of the dead bell;
A glitter of wheat and crude earth.

What is the name of that color?---
Old blood of caked walls the sun heals,

Old blood of limb stumps, burnt hearts.
The widow with her black pocketbook and three daughters,

Necessary among the flowers,
Enfolds her face like fine linen,

Not to be spread again.
While a sky, wormy with put-by smiles,

Passes cloud after cloud.
And the bride flowers expend a freshness,

And the soul is a bride
In a still place, and the groom is red and forgetful, he is featureless.

7.
Behind the glass of this car
The world purrs, shut-off and gentle.

And I am dark-suited and still, a member of the party,
Gliding up in low gear behind the cart.

And the priest is a vessel,
A tarred fabric, sorry and dull,

Following the coffin on its flowery cart like a beautiful woman,
A crest of breasts, eyelids and lips

Storming the hilltop.
Then, from the barred yard, the children

Smell the melt of shoe-blacking,
Their faces turning, wordless and slow,

(next page)

Berck-Plage (6)

Their eyes opening
On a wonderful thing---

Six round black hats in the grass and a lozenge of wood,
And a naked mouth, red and awkward.

For a minute the sky pours into the hole like plasma.
There is no hope, it is given up.

Gulliver

Over your body the clouds go
High, high and icily
And a little flat, as if they

Floated on a glass that was invisible.
Unlike swans,
Having no reflections;

Unlike you,
With no strings attached.
All cool, all blue. Unlike you---

You, there on your back,
Eyes to the sky.
The spider-men have caught you,

Winding and twining their petty fetters,
Their bribes---
So many silks.

How they hate you.
They converse in the valley of your fingers, they are inchworms.
They would have you sleep in their cabinets,

This toe and that toe, a relic.
Step off!
Step off seven leagues, like those distances

That revolve in Crivelli, untouchable.
Let this eye be an eagle,
The shadow of this lip, an abyss.

Getting There

How far is it?
How far is it now?
The gigantic gorilla interior
Of the wheels move, they appal me---
The terrible brains
Of Krupp, black muzzles
Revolving, the sound
Punching out Absence! like cannon.
It is Russia I have to get across, it is some war or other.
I am dragging my body
Quietly through the straw of the boxcars.
Now is the time for bribery.
What do wheels eat, these wheels
Fixed to their arcs like gods,
The silver leash of the will---
Inexorable. And their pride!
All the gods know is destinations.
I am a letter in this slot---
I fly to a name, two eyes.
Will there be fire, will there be bread?
Here there is such mud.
It is a trainstop, the nurses
Undergoing the faucet water, its veils, veils in a nunnery,
Touching their wounded,
The men the blood still pumps forward,
Legs, arms piled outside
The tent of unending cries-
A hospital of dolls.
And the men, what is left of the men
Pumped ahead by these pistons, this blood
Into the next mile,
The next hour---
Dynasty of broken arrows!

How far is it?
There is mud on my feet,
Thick, red and slipping. It is Adam's side,
This earth I rise from, and I in agony.
I cannot undo myself, and the train is steaming.
Steaming and breathing, its teeth
Ready to roll, like a devil's.
There is a minute at the end of it
A minute, a dewdrop.
How far is it?
It is so small
The place I am getting to, why are there these obstacles---
The body of this ~~beautiful~~ woman,
Charred skirts and deathmask
Mourned by religious figures, by garlanded children.
And now detonations—
Thunder and guns.
The fire's between us.
Is there no still place
Turning and turning in the middle air,
Untouched and untouchable.
The train is dragging itself, it is screaming---
(An) animal
Insane for the destination,
The bloodspot,
The face at the end of the flare.
I shall bury the wounded like pupas,
I shall count and bury the dead.
Let their souls writhe in a dew,
Incense in my track.
The carriages rock, they are cradles.
And I, stepping from this skin
Of old bandages, boredoms, old faces

Step to you from the black car of Lethe,
Pure as a baby.

Medusa

Off that landspit of stony mouth-plugs,
Eyes rolled by white sticks,
Ears cupping the sea's incoherences,
You house your unnerving head---God-ball,
Lens of mercies,

Your stooges
Plying their wild cells in my keel's shadow,
Pushing by like hearts,
Red stigmata at the very center,
Riding the rip tide to the nearest point of departure,

Dragging their Jesus hair.
Did I escape, I wonder?
My mind winds to you,
Old barnacled umbilicus, Atlantic cable,
Keeping itself, it seems, in a state of miraculous repair.

In any case, you are always there,
Tremulous breath at the end of my line,
Curve of water upleaping
To my water rod, dazzling and grateful,
Touching and sucking.

I didn't call you.
I didn't call you at all.
Nevertheless, nevertheless
You steamed to me over the sea,
Fat and red, a placenta

Paralyzing the kicking lovers.
Cobra light
Squeezing the breath from the blood bells

Of the fuchsia. I could draw no breath,
Dead and moneyless,

Overexposed, like an X ray.
Who do you think you are?
A Communion wafer? Blubbery Mary?
I shall take no bite of your body,
Bottle in which I live,

Ghastly Vatican.
I am sick to death of hot salt.
Green as eunuchs, your wishes
Hiss at my sins.
Off, off, eely tentacle!

There is nothing between us.

Purdah

Jade———
Stone of the side,
The agonized

Side of a green Adam, I
Smile, cross-legged,
Enigmatical,

Shifting my clarities.
So valuable!
How the sun polishes this shoulder!

And should
The moon, my
Indefatigable cousin

Rise, with her cancerous pallors,
Dragging trees———
Little bushy polyps,

Little nets,
My visibilities hide.
I gleam like a mirror.

At this facet the bridegroom arrives,
Lord of the mirrors!
It is himself he guides

In among these silk
Screens, these rustling appurtenances.
I breathe, and the mouth

Veil stirs its curtain.
My eye
Veil is

Purdah (2)

A concatenation of rainbows.
I am his.
Even in his

Absence, I
Revolve in my
Sheath of impossibles,

Priceless and quiet
Among these parakeets, macaws!
O chatterers

Attendants of the eyelash!
I shall unloose
One feather, like the peacock.

Attendants of the lip!
I shall unloose
One note

Shattering
The chandelier
Of air that all day plies

Its crystals,
A million ignorants.
Attendants!

Attendants!
And at his next step
I shall unloose

I shall unloose——
From the small jeweled
Doll he guards like a heart———

The lioness,

The Moon and the Yew Tree

This is the light of the mind, cold and planetary.
The trees of the mind are black. The light is blue.
The grasses unload their griefs on my feet as if I were God,
Prickling my ankles and murmuring of their humility.
Fumey, spiritous mists inhabit this place
Separated from my house by a row of headstones.
I simply cannot see where there is to get to.

The moon is no door. It is a face in its own right,
White as a knuckle and terribly upset.
It drags the sea after it like a dark crime; it is quiet
With the O-gape of complete despair. I live here.
Twice on Sunday, the bells startle the sky---
Eight great tongues affirming the Resurrection.
At the end, they soberly bong out their names.

The yew tree points up. It has a Gothic shape.
The eyes lift after it and find the moon.
The moon is my mother. She is not sweet like Mary.
Her blue garments unloose small bats and owls.
How I would like to believe in tenderness---
The face of the effigy, gentled by candles,
Bending, on me in particular, its mild eyes.

I have fallen a long way. Clouds are flowering
Blue and mystical over the face of the stars.
Inside the church, the saints will be all blue,
Floating on their delicate feet over the cold pews,
Their hands and faces stiff with holiness.
The moon sees nothing of this. She is bald and wild.
And the message of the yew tree is blackness---blackness and silence.

A Birthday Present

What is this, behind this veil, is it ugly, is it beautiful?
It is shimmering, has it breasts, has it edges?

I am sure it is unique, I am sure it is just what I want.
When I am quiet at my cooking I feel it looking, I feel it thinking

'Is this the one I am to appear for,
Is this the elect one, the one with black eye-pits and a scar?

Measuring the flour, cutting off the surplus,
Adhering to rules, to rules, to rules.

Is this the one for the annunciation?
My god, what a laugh!'

But it shimmers, it does not stop, and I think it wants me.
I would not mind if it was bones, or a pearl button.

I do not want much of a present, anyway, this year.
After all, I am alive only by accident.

I would have killed myself gladly that time any possible way.
Now there are these veils, shimmering like curtains,

The diaphanous satins of a January window
White as babies' bedding and glittering with dead breath. O ivory!

It must be a tusk there, a ghost-column.
Can you not see I do not mind what it is

Can you not give it to me?
Do not be ashamed---I do not mind if it is small.

A Birthday Present (2)

Do not be mean, I am ready for enormity.
Let us sit down to it, one on either side, admiring the gleam,

The glaze, the mirrory variety of it.
Let us eat our last supper at it, like a hospital plate.

I know why you will not give it to me,
You are terrified

The world will go up in a shriek, and your head with it,
Bossed, brazen, an antique shield,

A marvel to your great-grandchildren.
Do not be afraid, it is not so.

I will only take it and go aside quietly.
You will not even hear me opening it, no paper crackle,

No falling ribbons, no scream at the end.
I do not think you credit me with this discretion.

If you only knew how the veils were killing my days!
To you they are only transparencies, clear air,

But my god, the clouds are like cotton!
Armies of them! They are carbon monoxide.

Sweetly, sweetly I breathe in,
Filling my veins with invisibles, with the million

Probably motes that tick the years off my life.
You are silver-suited for the occasion. O adding machine!

Is it impossible for you to let something go and have it go whole?
Must you stamp each piece in purple,

A Birthday Present (3)

Must you kill what you can?
There is this one thing I want today, and only you can give it to me.

It stands at my window, big as the sky.
It breathes from my sheets, the cold, dead center

Where spilt lives congeal and stiffen to history.
Let it not come by the mail, finger by finger.

Let it not come by word of mouth, I should be sixty
By the time the whole of it was delivered, and too numb to use it.

Only let down the veil, the veil, the veil.
If it were death

I would admire the deep gravity of it, its timeless eyes.
I would know you were serious.

There would be a nobility then, there would be a birthday.
And the knife not carve, but enter

Pure and clean as the cry of a baby,
And the universe slide from my side.

Letter in November

Love, the world
Suddenly turns, turns color. The streetlight
Splits through the rat's-tail
Pods of the laburnum at nine in the morning.
It is the Arctic,

This little black
Circle, with its tawn silk grasses---babies' hair.
There is a green in the air,
Soft, delectable.
It cushions me lovingly.

I am flushed and warm.
I think I may be enormous,
I am so stupidly happy,
My Wellingtons
Squelching and squelching through the beautiful red.

This is my property.
Two times a day
I pace it, sniffing
The barbarous holly with its viridian
Scallops, pure iron,

And the wall of old corpses.
I love them.
I love 6hem like history.
The apples are golden,
Imagine it---

My seventy trees
Holding their gold-ruddy balls
In a thick grey death-soup,

Letter in November (2)

Their million
Gold leaves metal and breathless.

O love, O celibate.
Nobody but me
Walks the waist-high wet.
The irreplaceable
Golds bleed and deepen, the mouths of Thermopylae.

Amnesiac

No use, no use, now, begging Recognize.
There is nothing to do with such a beautiful blank but smooth it.
Name, house, car keys,

The little toy wife
Erased, sigh, sigh.
Four babies and a cocker.

Nurses the size of worms and a minute doctor
Tuck him in.
Old happenings

Peel from his skin.
Down the drain with all of it!
Hugging his pillow

Like the red-headed sister he never dared to touch,
He dreams of a new one---
Barren, the lot are barren.

And of another color.
How they'll travel, travel, travel, scenery
Sparking off their brother-sister rears,

A comet tail.
And money the sperm fluid of it all.
One nurse brings in

A green drink, one a blue.
They rise on either side of him like stars.
The two drinks flame and foam.

O sister, mother, wife,
Sweet Lethe is my life.
I am never, never, never coming home!

The Rival

If the moon smiled, she would resemble you.
You leave the same impression
Of something beautiful, but annihilating.
Both of you are great light borrowers.
Her O-mouth grieves at the world; yours is unaffected,

And your first gift is making stone out of everything.
I wake to a mausoleum; you are here,
Ticking your fingers on the marble table, looking for cigarettes
Spiteful as a woman, but not so nervous,
And dying to say something unanswerable.

The moon, too, abases her subjects,
But in the daytime she is ridiculous.
Your dissatisfactions, on the other hand,
Arrive through the mailslot with loving regularity,
White and blank, expansive as carbon monoxide.

No day is safe from news of you,
Walking about in Africa maybe, but thinking of me.

Daddy

You do not do, you do not do
Any more, black shoe
In which I have lived like a foot
For thirty years, poor and white,
Barely daring to breathe or Achoo.

Daddy, I have had to kill you.
You died before I had time---
Marble-heavy, a bag full of God,
Ghastly statue with one grey toe
Big as a Frisco seal

And a head in the freakish Atlantic
Where it pours bean green over blue
In the waters off beautiful Nauset.
I used to pray to recover you.
Ach, du.

In the German tongue, in the Polish town
Scraped flat by the roller
Of wars, wars, wars.
But the name of the town is common.
My Polack friend

Says there are a dozen or two.
So I never could tell where you
Put your foot, your root,
I never could talk to you.
The tongue stuck in my jaw.

It stuck in a barb wire snare.
Ich, ich, ich, ich,
I could hardly speak.
I thought every German was you.
And the language obscene

An engine, an engine
Chuffing me off like a Jew.
A Jew to Dachau, Auschwitz, Belsen.
I began to talk like a Jew.
I think I may well be a Jew.

The snows of the Tyrol, the clear beer of Vienna
Are not very pure or true.
With my gypsy ancestress and my weird luck
And my Taroc pack and my Taroc pack
I may be a bit of a Jew.

I have always been scared of <u>you</u>,
With your Luftwaffe, your gobbledygoo.
And your neat moustache
And your Aryan eye, bright blue.
Panzer-man, panzer-man, o You——

Not God but a swastika
So black no sky could squeak through.
Every woman adores a Fascist,
The boot in the face, the brute
Brute heart of a brute like you.

You stand at the blackboard, daddy,
In the picture I have of you,
A cleft in your chin instead of your foot
But no less a devil for that, no not
Any less the black man who

Bit my pretty red heart in two.
I was ten when they buried you.
At twenty I tried to die
And get back, back, back to you.
I thought even the bones would do.

Daddy (3)

But they pulled me out of the sack,
And they stuck me together with glue.
And then I knew what to do.
I made a model of you,
A man in black with a Meinkampf look

And a love of the rack and the screw.
And I said I do, I do.
So daddy, I'm finally through.
The black telephone's off at the root,
The voices just can't worm through.

If I've killed one man, I've killed two---
The vampire who said he was you
And drank my blood for a year,
Seven years, if you want to know.
Daddy, you can lie back now.

There's a stake in your fat black heart
And the villagers never liked you.
They are dancing and stamping on you.
They always knew it was you.
Daddy, daddy, you bastard, I'm through.

You're

Clownlike, happiest on your hands,
Feet to the stars, and moon-skulled,
Gilled like a fish. A common-sense
Thumbs-down on the dodo's mode.
Wrapped up in yourself like a spool,
Trawling your dark as owls do.
Mute as a turnip from the Fourth
Of July to All Fools' Day,
O high-riser, my little loaf.

Vague as fog and looked for like mail.
Farther off than Australia.
Bent-backed Atlas, our traveled prawn.
Snug as a bud and at home
Like a sprat in a pickle jug.
A creel of eels, all ripples.
Jumpy as a Mexican bean.
Right, like a well-done sum.
A clean slate, with your own face on.

Fever 193°

Pure? What does it mean?
The tongues of hell
Are dull, dull as the triple

Tongues of dull, fat Cerberus
Who wheezes at the gate. Incapable
Of licking clean

The aguey tendon, the sin, the sin.
The tinder cries.
The indelible smell

Of a snuffed candle!   .
Love, love, the low smokes roll
From me like Isadora's scarves, I'm in a fright

One scarf will catch and anchor in the wheel.
Such yellow sullen smokes
Make their own element. They will not rise,

But trundle round the globe
Choking the aged and the meek,
The weak

Hothouse baby in its crib,
The ghastly orchid
Hanging its hanging garden in the air,

Devilish leopard!
Radiation turned it white
And killed it in an hour.

Greasing the bodies of adulterers
Like Hiroshima ash and eating in.
The sin. The sin.

Darling, all night
I have been flickering, off, on, off, on.
The sheets grow heavy as a lecher's kiss.

Three days. Three nights.
Lemon water, chicken
Water, water make me retch.

I am too pure for you or anyone.
Your body
Hurts me as the world hurts God. I am a lantern---

My head a moon
Of Japanese paper, my gold beaten skin
Infinitely delicate and infinitely expensive.

Does not my heat astound you. And my light.
All by myself I am a huge camellia
Glowing and coming and going, flush on flush.

I think I am going up,
I think I may rise---
The beads of hot metal fly, and I, love, I

Am a pure acetylene
Virgin
Attended by roses,

By kisses, by cherubim,
By whatever these pink things mean.
Not you, nor him

Nor him, nor him
(My selves dissolving, old whore petticoats)---
To Paradise.

The Bee Meeting

Who are these people at the bridge to meet me? They are the villagers---
The rector, the midwife, the sexton, the agent for bees.
In my sleeveless summery dress I have no protection,
And they are all gloved and covered, why did nobody tell me?
They are smiling and taking out veils tacked to ancient hats.

I am nude as a chicken neck, does nobody love me?
Yes, here is the secretary of bees with her white shop smock,
Buttoning the cuffs at my wrists and the slit from my neck to my knees.
Now I am milkweed silk, the bees will not notice.
They will not smell my fear, my fear, my fear.

Which is the rector now, is it that man in black?
Which is the midwife, is that her blue coat?
Everybody is nodding a square black head, they are knights in visors,
Breastplates of cheesecloth knotted under the armpits.
Their smiles and their voices are changing. I am led through a beanfield,

Strips of tinfoil winking like people,
Feather dusters fanning their hands in a sea of bean flowers,
Creamy bean flowers with black eyes and leaves like bored hearts.
Is it blood clots the tendrils are dragging up that string?
No, no, it is scarlet flowers that will one day be edible.

Now they are giving me a fashionable white straw Italian hat
And a black veil that molds to my face, they are making me one of them.
They are leading me to the shorn grove, the circle of hives.
Is it the hawthorn that smells so sick?
The barren body of hawthorn, etherizing its children.

Is it some operation that is taking place?
It is the surgeon my neighbors are waiting for,

Bees (2)

This apparition in a green helmet,
Shining gloves and white suit.
Is it the butcher, the grocer, the postman, someone I know?

I cannot run, I am rooted, and the gorse hurts me
With its yellow purses, its spiky armory.
I could not run without having to run forever.
The white hive is snug as a virgin,
Sealing off her brood cells, her honey, and quietly humming.

Smoke rolls and scarves in the grove.
The mind of the hive thinks this is the end of everything.
Here they come, the outriders, on their hysterical elastics.
If I stand very still, they will think I am cow parsley,
A gullible head untouched by their animosity,

Not even nodding, a personage in a hedgerow.
The villagers open the chambers, they are hunting the queen.
Is she hiding, is she eating honey? She is very clever.
She is old, old, old, she must live another year, and she knows it.
While in their fingerjoint cells the new virgins

Dream of a duel they will win inevitably,
A curtain of wax dividing them from the bride flight,
The upflight of the murderess into a heaven that loves her.
The villagers are moving the virgins, there will be no killing.
The old queen does not show herself, is she so ungrateful?

I am exhausted, I am exhausted---
Pillar of white in a blackout of knives.
I am the magician's girl who does not flinch.
The villagers are untying their disguises, they are shaking hands.
Whose is that long white box in the grove, what have they accomplished,
    why am I cold?

The Arrival of the Bee Box

I ordered this, this clean wood box
Square as a chair and almost too heavy to lift.
I would say it was the coffin of a midget
Or a square baby
Were there not such a din in it.

The box is locked, it is dangerous.
I have to live with it overnight
And I can't keep away from it.
There are no windows, so I can't see what is in there.
There is only a little grid, no exit.

I put my eye to the grid.
It is dark, dark,
With the swarmy feeling of African hands
Minute and shrunk for export,
Black on black, angrily clambering.

How can I let them out.
It is the noise that appals me most of all,
The unintelligible syllables.
It is like a Roman mob,
Small, taken one by one, but my god, together!

I lay my ear to furious Latin.
I am not a Caesar.
I have simply ordered a box of maniacs.
They can be sent back.
They can die, I need feed them nothing, I am the owner.

I wonder how hungry they are.
I wonder if they would forget me
If I just undid the locks and stood back and turned into a tree.

Bees (4)

There is the laburnum, its blond colonnades,
And the petticoats of the cherry.

They might ignore me immediately
In my moon suit and funeral veil.
I am no source of honey
So why should they turn on me?
Tomorrow I will be sweet God, I will set them free.

The box is only temporary.

Stings

Bare-handed, I hand the combs.
The man in white smiles, bare-handed,
Our cheesecloth gauntlets neat and sweet,
The throats of our wrists brave lilies.
He and I

Have a thousand clean cells between us,
Eight combs of yellow cups,
And the hive itself a teacup,
White with pink flowers on it.
With excessive love I enameled it

Thinking 'Sweetness, sweetness.'
Brood cells grey as the fossils of shells
Terrify me, they seem so old.
What am I buying, wormy mahogany?
Is there any queen at all in it?

If there is, she is old,
Her wings torn shawls, her long body
Rubbed of its plush---
Poor and bare and unqueenly and even shameful.
I stand in a column

Of winged, unmiraculous women,
Honey-drudgers.
I am no drudge
Though for years I have eaten dust
And dried plates with my dense hair.

And seen my strangeness evaporate,
Blue dew from dangerous skin.
Will they hate me,

Stings (2)

These women who only scurry,
Whose news is the open cherry, the open clover?

It is almost over.
I am in control.
Here is my honey-machine,
It will work without thinking,
Opening, in spring, like an industrious virgin

To scour the creaming crests
As the moon, for its ivory powders, scours the sea.
A third person is watching.
He has nothing to do with the bee-seller or with me.
Now he is gone

In eight great bounds, a great scapegoat.
Here is his slipper, here is another,
And here the square of white linen
He wore instead of a hat.
He was sweet,

The sweat of his efforts a rain
Tugging the world to fruit.
The bees found him out,
Molding onto his lips like lies,
Complicating his features.

They thought death was worth it, but I
Have a self to recover, a queen.
Is she dead, is she sleeping?
Where has she been,
With her lion-red body, her wings of glass?

Now she is flying
More terrible than she ever was, red
Scar in the sky, red comet
Over the engine that killed her---
The mausoleum, the wax house.

Wintering

This is the easy time, there is nothing doing.
I have whirled the midwife's extractor,
I have my honey,
Six jars of it,
Six cat's eyes in the wine cellar,

Wintering in a dark without window
At the heart of the house
Next to the last tenant's rancid jam
And the bottles of empty glitters---
Sir So-and-so's gin.

This is the room I have never been in.
This is the room I could never breathe in.
The black bunched in there like a bat,
No light
But the torch and its faint

Chinee yellow on appalling objects---
Black asininity. Decay.
Possession.
It is they who own me.
Neither cruel nor indifferent,

Only ignorant.
This is the time of hanging on for the bees---the bees
So slow I hardly know them,
Filing like soldiers
To the syrup tin

To make up for the honey I've taken.
Tate and Lyle keeps them going,
The refined snow.

Wintering (2)

It is Tate and Lyle they live on, instead of flowers.
They take it. The cold sets in.

Now they ball in a mass,
Black
Mind against all that white.
The smile of the snow is white.
It spreads itself out, a mile-long body of Meissen,

Into which, on warm days,
They can only carry their dead.
The bees are all women,
Maids and the long royal lady.
They have got rid of the men,

The blunt, clumsy stumblers, the boors.
Winter is for women---
The woman, still at her knitting,   ·
At the cradle of Spanish walnut,
Her body a bulb in the cold and too dumb to think.

Will the hive survive, will the gladiolas
Succeed in banking their fires
To enter another year?
What will they taste of, the Christmas roses?
The bees are flying. They taste the spring.

3부

「에어리얼」초고
복사본

실비아 플라스의 창작 과정을 이해하기 위해, 표제시 「에어리얼」의 작업 초고 복사본을 여기에 싣는다. 실비아 플라스가 적어놓은 숫자와 날짜들을 볼 수 있다. 첫 네 편의 초고는 「에어리얼」에 수록된 시들의 다른 여러 초고들과 마찬가지로 스미스대학의 분홍색 메모지에 쓰였다. 「에어리얼」은 〈옵저버〉에 게재가 수락되었고, 1963년 11월 3일에 이르러 '말 *The Horse*' 이라는 다른 제목으로 게재되었다. 〈옵저버〉에서 보낸 이 시의 교정쇄를 마지막에 첨부한다. 실비아 플라스는 1962년 12월 중순에 이 시의 교정을 보았다.

ariel

God's lioness also, how one we grow
Cruce mover whom I move + learn to love
Pivot of heels + trees, and of my color.

~~Opens before as the red furrow,~~
~~The dull bump runs, all~~ soil substanceless
Shoots in darkness, then the blue
~~pour feed of~~ Tor + distances.
God's lioness, how one we grow!

Pivot of heels + knees! the furrow
Splits + passes, sister to the brown arc
of the neck I cannot catch, nigger-eye

blackberries, multiplying, cast ~~dark~~
~~Fears beyond stops~~
~~Bush Tree~~
~~Nets~~ Hooks, but do not catch —
Black sweet blood mouthfuls! Something else

Hauls me through ~~air//X~~ ~~fear~~ Flakes from my heels, ~~&~~
Foam ~~into~~ white wheat, a glitter of seas,

I ~~rise, Irise~~, now

~~Then~~ the arrow, ~~& from~~ the ~~ram~~ that flies
~~Into the skies~~
In the cauldron of morning
One white melt, upflung

To the lover, the plunging
Hooves I am, that over + over

Ariel   ②

Stasis in darkness, then the substanceless blue
Pour of tor & distances.
God's lioness, how are we grow!

Pivot of heels & knees!   The furrow
Splits & passes // Sister to the brown arc
Of the neck I cannot catch // Nigger-eye //

Berries, multiplying/ cast dark
Hooks, but do not catch.
Black sweet blood mouthfuls!

Some thing else
Hauls me through air,
Flakes from my heels.

And now I.
Foam to bright wheat, a glitter of seas,
~~If fly~~
~~Black the tendew the dew that flies~~
~~The childs cry~~

Melts in the wall, and I
am the arrow, the dew that flies
Suicidal, at one
With the drive
In to the red ~~heart~~; ~~into the cradle~~
Eye, Into the cauldron of morning.

Ariel

Stasis in darkness,
Then the substanceless blue
Pour of tor & distances.

God's lioness!
How one we grow!
Pivot of heels & knees! The furrow

Splits & passes
Sister to the brown arc
Of the neck I cannot catch,

Nigger-eye
Berries cast dark
Hooks, ~~but do not stick black~~

Black ~~black~~ sweet blood mouthfuls!
Shadows!
Something else

Hauls me through air —
Thighs, hair;
Flakes from my heels.

→ White
Godiva, I unpeel —
Dead hands, dead
stringencies

And now I
~~Foam~~ Foam to wheat, a glitter of seas.
The child's cry

Melts in the wall.
O bright beast, I
Am the arrow, the dew that flies

Suicidal, at one with the drive
Into the red
Eye, the cauldron of morning.

~~Hands, hearts, dead men~~
~~Dead men~~
Hands, ~~hearts,~~ peel off—
Old
Dead hands, dead stringencies!
~~I am bare~~
I am white
Godiva

Rising, galloper,
In a season of ~~dying,~~
A season of burning.

In a~~n~~ season of burning, I
Am White Godiva
On fire, my hair

My one resort,
Brown furrows, rippling

White ~~Godiva I~~
Godiva, I unpeel—
Dead hands, dead stringencies!

White
Godiva, I unpeel —
Dead hands, dead stringencies!

Ariel

October 27
1962

Stasis in darkness,
Then the substanceless blue
Pour of tor and distances.

God's lioness!
How one we grow!
Pivot of heels and knees! the furrow

Splits and passes,
Sister to the brown arc
Of the neck I cannot catch,

Nigger-eye
Berries cast dark
Hooks---

Black sweet blood mouthfuls!
Shadows!
Something else

Hauls me through air---
Thighs, hair;
Flakes from my heels.

White
Godiva, I unpeel---
Dead hands, dead stringencies!

And now I
Foam to wheat, a glitter of seas.
The child's cry

Melts in the wall.
O bright
Beast, I

Am the arrow, the dew that flies
Suicidal, at one with the drive
Into the red

Eye, the cauldron of morning.

Ariel

Stasis in darkness.
Then the substanceless blue
Pour of tor and distances.

God's lioness!
How one we grow!
Pivot of heels and knees! the furrow

Splits and passes,
Sister to the brown arc
Of the neck I cannot catch,

Nigger-eye
Berries cast dark
Hooks---

Black sweet blood mouthfuls!
Shadows!
Something else

Hauls me through air---
Thighs, hair;
Flakes from my heels.

White
Godiva, I unpeel---
Dead hands, dead stringencies!

And now I
Foam to wheat, a glitter of seas.
The child's cry

Melts in the wall.
O bright
And Beauty I

Am the arrow, The dew that flies
Suicidal, at one with the drive
Into the red

Eye, the cauldron of morning.

Ariel

Stasis in darkness.
Then the substanceless blue
Pour of tor and distances.

God's lioness!
How one we grow!
Pivot of heels and knees! the furrow

Splits and passes,
Sister to the brown arc
Of the neck I cannot catch,

Nigger-eye
Berries cast dark
Hooks----

Black sweet blood mouthfuls!
Shadows!
Something else

Hauls me through air----
Thighs, hair;
Flakes from my heels.

White
Godiva, I unpeel----
Dead hands, dead stringencies!

And now I
Foam to wheat, a glitter of seas.
The child's cry

Melts in the wall.
And I
Am the arrow,

The dew that flies
Suicidal, at one with the drive
Into the red

Eye, the cauldron of morning.

Ariel

Stasis in darkness.
Then the substanceless blue
Pour of tor and distances.

God's lioness!
How one we grow!
Pivot of heels and knees! the furrow

Splits and passes,
Sister to the brown arc
Of the neck I cannot catch,

Nigger-eye
Berries cast dark
Hooks---

Black sweet blood mouthfuls!
Shadows!
Something else

Hauls me through air---
Thighs, hair;
Flakes from my heels.

White
Godiva, I unpeel---
Dead hands, dead stringencies!

And now I
Foam to wheat, a glitter of seas.
The child's cry

Ariel (2)

Melts in the wall.
O bright
Beast, I

Am the arrow, the dew that flies
Suicidal, at one with the drive
Into the red

Eye, the cauldron of morning.

Observer October 27 1962 Sylvia Plath

Ariel

Stasis in darkness.
Then the substanceless blue
Pour of tor and distances.

God's lioness!
How one we grow!
Pivot of heels and knees! the furrow

Splits and passes, sister to
The brown arc
Of the neck I cannot catch,

Nigger-eye
Berries cast dark
Hooks——

Black sweet blood mouthfuls!
Shadows!
Somethingelse

Hauls me through air——
Thighs, hair;
Flakes from my heels.

White
Godiva, I unpeel——
Dead hands, dead stringencies!

And now I
Foam to wheat, a glitter of seas.
The child's cry

Melts in the wall.
And I
Am the arrow,

The dew that flies
Suicidal, at one with the drive
Into the red

Eye, the cauldron of morning.

Sylvia Plath

Ariel

Stasis in darkness.
Then the substanceless blue
Pour of tor and distances.

God's lioness!
How one we grow!
Pivot of heels and knees! the furrow

Splits and passes, sister to
The brown arc
Of the neck I cannot catch,

Nigger-eye
Berries cast dark
Hooks---

Black sweet blood mouthfuls!
Shadows!
Something else

Hauls me through air---
Thighs, hair;
Flakes from my heels.

White
Godiva, I unpeel---
Dead hands, dead stringencies!

And now I
Foam to wheat, a glitter of seas.
The child's cry

Melts in the wall.
And I
Am the arrow,

The dew that flies
Suicidal, at one with the drive
Into the red

Eye, the cauldron of morning.

PROOFS TO
SYLVIA PLATH,

ARIEL

Stasis in darkness.
Then the substanceless blue
Pour of tor and distances.

God's lioness,
How one we grow,
Pivot of heels and knees ! the furrow

Splits and passes, sister to
The brown arc
Of the neck I cannot catch,

Nigger-eye
Berries cast dark
Hooks—

Black sweet blood mouthfuls,
Shadows,
Something else

Hauls me through air—
Thighs, hair ;
Flakes from my heels.

White
Godiva, I unpeel—
Dead hands, dead stringencies,

And now I
Foam to wheat, d glitter of seas.
The child's cry

Melts in the wall.
And I
Am the arrow,

The dew that flies
Suicidal, at one with the drive
Into the red

Eye, the cauldron of morning.

SYLVIA PLATH

Proofs to :—
SYLVIA PLATH

POPPIES IN OCTOBER — — — — —

Even the sun-clouds this morning cannot manage such skirts.
Nor the woman in the ambulance
Whose red heart blooms through her coat so astoundingly—

A gift, a love gift
Utterly unasked for
By a sky

Palely and flamily
Igniting its carbon monoxides, by eyes
Dulled to a halt under bowlers.

O my God, what am I
That these late mouths should cry open
In a forest of frost, in a dawn of cornflowers !
SYLVIA PLATH,

「벌떼」

「벌떼」는 『「에어리얼」과 그 외 시들』 원고의 차례 페이지에서 괄호 처진 채로 나타난다. 실비아 플라스가 손으로 직접 그 제목에 괄호를 친 것이다. 그는 원고 자체에는 그 시를 포함시키지 않았다. 테드 휴스는 1966년 『에어리얼』의 미국판이 처음 출간되었을 때 「벌떼」를 수록했다. 이 복원본은 실비아 플라스의 편집상의 결정에 따라, 그 시를 본문에는 수록하지 않았다. 타이핑한 초고의 복사본과 함께 여기에 싣는다.

벌떼

누군가 우리 마을의 무언가를 향해 총을 쏘고 있다——
일요일 거리의 둔탁한 팡, 팡 소리.
질투는 혈통을 개시할 수 있다,
그것은 검은 장미들을 만들 수 있다.
그들은 무엇을 쏘고 있는 것인가?

칼들이 노리는 것은 바로 당신이다
워털루, 워털루의 나폴레옹,
당신의 작은 등 뒤로 솟은 엘바 섬의 둥근 언덕,
그리고 눈보라는 그 빛나는 날붙이를 집결시킨다
계속 대량으로, 쉿이라고 말하면서,

쉿. 이들은 당신이 가지고 노는 체스의 말이다,
상아로 된 움직이지 않는 모형들.
진흙탕이 목구멍들로 꿈틀거린다,
프랑스산 장화 밑창을 위한 징검다리들.
금칠과 분홍칠을 한 러시아의 돔들이 녹아서 떠다닌다

탐욕의 용광로 안에서. 구름들! 구름들!
그래서 벌떼는 둥글게 뭉쳐 탈영한다
검은 소나무에서, 70피트 상공으로.
총을 쏴야만 한다. 팡! 팡!

벌떼는 너무 멍청해서 총탄들을 천둥이라 여긴다.

개의 주둥이, 발톱, 드러낸 이빨을 눈감아주는
신의 목소리라 여긴다.
노란색 궁둥이를 가진, 패거리가 만든 개 한 마리,
상아로 된 제 뼈 위로 이빨을 드러낸다
패거리, 패거리처럼, 모든 사람처럼.

벌들이 너무 멀리 가버렸다. 70피트 높이로.
러시아, 폴란드 그리고 독일.
부드러운 언덕들, 늘 같은 자홍색
들판은 동전 한 닢만큼 작아졌고
한 줄기 강을 자아냈다. 그 강을 가로질렀다.

벌들이 논쟁을 벌인다. 그들의 검은 공 안에서,
온통 가시바늘인, 비행하는 한 마리 고슴도치처럼.
잿빛 두 손을 지닌 남자가 벌들의 꿈인
벌집 아래 서 있다. 붐비는 역
거기서 기차들은 제 강철 호弧에 충실한 채,

떠나고 도착한다, 그리고 그 나라에는 끝이 없다.
팡, 팡. 그들이 떨어진다

갈기갈기 찢긴 채, 담쟁이 덤불로.
전차들, 기마 수행원들, 대군 Grand Army이란 그런 것.
붉은 넝마, 나폴레옹.

승리의 마지막 휘장.
벌떼가 밀짚 삼각모에 부딪친다.
엘바 섬, 엘바 섬, 바다 위의 거품.
육군 사령관, 해군 제독, 장군들의 흰 흉상들이
안치될 벽감壁龕들로 기어들어간다.

이 얼마나 교훈적인가!
멍청하게, 무리지어 있는 몸들은
모국 프랑스의 장식품으로 꾸민 판자 위를 걸어
웅장한 새 무덤 속으로 들어간다,
상아 궁전, 가지들이 갈라진 소나무로.

잿빛 두 손을 지닌 남자가 미소 짓는다——
몹시 실용적인, 사업가의 미소.
그것들은 결코 손이 아니다
석면 통이다.
팡, 팡! '아니면 그들이 나를 죽였을 것이오.'

압정만큼 큰 벌침들!
벌들은 명예에 대해 알고 있는 듯 보인다,
검고 고분고분하지 않은 마음을.
나폴레옹은 기뻐한다, 그는 모든 게 다 기쁘다.
오 유럽. 오 다량의 벌꿀.

4. The Swarm

Somebody is shooting at something in our town---
A dull pom, pom in the Sunday street.
Jealousy can open the blood,
It can make black roses.
What are they shooting at?

It is you the knives are out for
At Waterloo, Waterloo, Napoleon,
The hump of Elba on your short back,
And the snow, marshalling its brilliant cutlery
Mass after mass, saying Shh!

Shh! These are chess people you play with,
Still figures of ivory.
The mud squirms with throats,
Stepping stones for French bootsoles.
The gilt and pink domes of Russia melt and float off

In the furnace of greed. Clouds! Clouds!
So the swarm balls and deserts
Seventy feet up, in a black pine tree.
It must be shot down. Pom! Pom!
So dumb it thinks bullets are thunder.

It thinks they are the voice of God
Condoning the beak, the claw, the grin of the dog
Yellow-haunched, a pack dog,
Grinning over its bone of ivory
Like the pack, the pack, like everybody.

The bees have got so far. Seventy feet high!
Russia, Poland and Germany!
The mild hills, the same old magenta

Fields shrunk to a penny
Spun into a river, the river crossed.

The bees argue, in their black ball,
A flying hedgehog, all prickles.
The man with grey hands stands under the honeycomb
Of their dream, the hived station
Where trains, faithful to their steel arcs,

Leave and arrive, and there is no end to the country.
Pom, pom! They fall
Dismembered, to a tod of ivy.
So much for the chariots, the outriders, the Grand Army!
A red tatter, Napoleon!

The last badge of victory.
The swarm is knocked into a cocked straw hat.
Elba, Elba, bleb on the sea!
The white busts of marshals, admirals, generals
Worming themselves into niches.

How instructive this is!
The dumb, banded bodies
Walking the plank draped with Mother France's upholstery
Into a new mausoleum,
An ivory palace, a croth pine.

The man with grey hands smiles---
The smile of a man of business, intensely practical.
They are not hands at all
But asbestos receptacles.
Pom, pom! 'They would have killed me.'

Stings big as drawing pins!
It seems bees have a notion of honor,
A black, intractable mind.
Napoleon is pleased, he is pleased with everything.
O Europe! O ton of honey!

BBC 방송 대본
'실비아 플라스의 신작 시들'

실비아 플라스가 1962년 12월 14일에 부친 편지 한 통이 있다. 이 편지는 이후 『집으로 보낸 편지: 서신집 1950-1963 *Letters Home: Correspondence, 1950-1963*』에 수록되어 출간되었는데, 여기서 그는 자신의 어머니 아우렐리아에게 다음과 같이 썼다. "BBC에서 제 시에 관심을 보인 사람이 있었는데, 그에게 보내려고 제 신작 시 전부에 대한 긴 방송 내용을 쓰면서 지난밤을 보냈어요." 영국방송공사 소속으로 언급된 사람은 더글러스 클레버던이었다. 이어지는 대본은 「지원자」 「레이디 라자로」 「아빠」 「안개 속의 양들」(실비아 플라스의 『『에어리얼』과 그 외 시들』 원고에는 포함되지 않았다), 「에어리얼」 「죽음 주식회사」 「닉과 촛대」 「화씨 103도 고열」에 대한 내용을 담고 있다.

나의 이 신작 시들은 한 가지 공통점이 있습니다. 이 시들은
모두 새벽 네 시경에 쓰였습니다. 닭이 울기 전, 아기가 울음을
터뜨리기 전, 우유 배달부가 우유병을 정리할 때 나는 유리 소리가
울리기 전, 조용하고 파랗고 영원할 것만 같은 시간이지요. 또
다른 공통점이 있다면, 이 시들은 눈이 아니라 귀를 위해 쓰였다는
점일지도 모르겠습니다. 이 작품들은 큰 소리로 읽으며 쓴
시들이니까요.

'지원자'라는 제목의 이 시에서 화자는 회사의 경영진, 까다롭고
유능한 세일즈맨이라고 할 수 있습니다. 그는 지원자가 그의
놀라운 제품에 대해 정말로 그것을 필요로 하고 그것을 제대로
취급할지 확인하고 싶어합니다.

────────────────

이 시의 제목은 '레이디 라자로'입니다. 화자는 다시 태어난다는
엄청나고 무서운 재능을 지닌 여성이지요. 유일한 문제는
그가 우선 죽어야만 한다는 사실입니다. 여성은 불사조이고,
자유의지론적인 영혼을 지녔으며, 사람들이 원하는 모습으로
있습니다. 또한 착하고 평범하고 재치가 넘치는 여성이지요.

―――――――――

일렉트라 콤플렉스가 있는 한 소녀가 화자인 시가 있습니다. 소녀는 자기 아버지가 신이라고 생각했지만, 그는 죽었지요. 게다가 그 아버지가 나치이고 소녀의 어머니는 유대인 혈통일 가능성이 높다는 사실이 사정을 복잡하게 만듭니다. 딸 안에서 이 두 가지 긴장은 결혼을 하고 서로를 마비시키지요. 소녀가 거기서 자유로워지려면, 먼저 무시무시한 작은 알레고리를 다시 한번 연출해야만 합니다.

―――――――――

이다음 시에서 화자의 말은 쇄석이 깔린 언덕길을 느리고 내키지 않는 걸음으로 내려와 언덕 아래에 있는 마구간으로 가고 있습니다. 12월입니다. 안개가 자욱하고요. 안개 속에 양들이 있습니다.

―――――――――

또 다른 승마 시, 이 시는 제가 특별히 좋아하는 말의 이름을 따서 '에어리얼'이라는 제목을 붙였습니다.

이 시 「죽음 주식회사」는 죽음의 이중적 또는 분열증적 특성에
대한 것입니다. 이를테면 벌레들의 끔찍한 부드러움, 물, 그 외
분해작용을 일으키는 요소들이 있는가 하면, 그것들과 공모하는
블레이크의 데스마스크가 보여주는 대리석 같은 차가움이
있습니다. 저는 죽음의 이 두 측면을 두 남자, 두 명의 동업자로
상상합니다. 그들이 방문을 하지요.

「닉과 촛대」, 이 시에서 어머니는 촛불 옆에서 자신의 갓난
아들에게 젖을 먹이면서 아기에게서 아름다움을 발견합니다.
아름다움은 세상의 해악을 물리치지는 못하지만, 어머니에게
돌아갈 해악을 변제해줍니다.

이 시는 두 종류의 불에 대한 것입니다. 오로지 고통만 주는
지옥의 불, 그리고 정화 작용을 하는 천국의 불에 대한 것이지요.
시가 전개됨에 따라, 첫 번째 종류의 불은 두 번째 종류의 불로
변화를 겪습니다. 제목은 '화씨 103도 고열'입니다.

262

주

데이비드 시맨키David Semanki

1부. 『『에어리얼』과 그 외 시들』

여기에 인쇄된 시들은 실비아 플라스가 남긴 『『에어리얼』과 그 외 시들』 원고의 순서를 따른다. 각 시의 최종본은 실비아 플라스의 원고에서 나온 것이다. 원고에 있는 모든 시는 테드 휴스가 편집한 『시 전집』에 실려 있다.

실비아 플라스는 그 원고에서 자신이 복원하고 싶어하는 구두점에 대해서는 그 아래 세 개의 점을 찍어 표시하고 있다.° 현재 이 복원본의 시들에 사용된 모든 줄표는 『시 전집』과 다르게 하나의 표준 길이로 표기하였다. 원고에서 밑줄 그어져 있는 단어들은 모두 이탤릭으로 바꾸었다. 이 책에 수록된 어떤 시들은 『시 전집』으로 출간된 형태와 다르다. 이전에 출간된 그 시들은 원고에 없는 구두점과 철자들을 포함하고 있을 수 있다. 여기에선 그 시들을 실비아 플라스의 원고에 따라 인쇄하였다.

이 책은 『시 전집』으로 인쇄된 버전과 다르게, 실비아 플라스의 구두점과 어휘 선택의 전체 목록을 따랐으며, 그 내용은 다음과 같다.

° 2부 『『에어리얼』과 그 외 시들』 원고 복사본에 실린 「비밀」 원고의 5연 1행 참고.

「아침 노래」4행 statue] statue. 8행 distils] distills

「배송원들」10행 Alps,] Alps. 12행 grey] gray

「탈리도마이드」5행 appal] appall

「지원자」1행 person] a person

「비밀」17행 secret!] secret . . . 26행 head!] head - 27행 drawer.] drawer!

　　33행 Do] 'Do 40행 stempede -] stampede! 41행 twirling,] twirling ‖

　　gutterals.] guttrals!

「간수」제목: Jailor] Jailer 28행 subversion] subversion, 45행 me.] me!

「베인 상처」헌사: for] For

「느릅나무」헌사: for] For 헌사는 괄호 안에 들어 있다.

「밤의 춤」7연과 8연 사이에 행갈이를 한 줄 더해서, 시를 각각 14행씩 둘로

　　반분하고 있다.

「탐정」15행 No-one] No one

「죽음 주식회사」1행 Two. Of] Two, of

「레스보스 섬」10행 a schizophrenic] schizophrenic 11행 panic.] panic,

　　26행 you,] you. 27행 Mama] mama 39행 t.b.] T.B. 41행 Hollywood] in

　　Hollywood 52행 jewel.] jewel! ‖ valuable.] valuable! 63행 They] He

「다른 사람」8연과 9연 사이에 행갈이를 한 줄 더해서, 시를 각각 16행씩 둘로

　　반분하고 있다.

「10월의 양귀비꽃」엘데르와 쉬제트 마세두에 대한 헌사가 복원되었다. 12행

　　cornflowers!] cornflowers.

「입 다물 용기」3, 5, 16행 discs] disks 5행 heard,] heard - 20행 going.] going!

　　21행 by] by, 25행 time!] time.

「닉과 촛대」 2행 stalacmites] stalactites

「베르크 해변」 2행 inflammation!] inflammation. 32행 throat!] throat . . . 64행 whitely,] whitely 73행 grey] gray 91행 unnatural] natural

「그곳에 가기」 4행 appal] appall 56행 플라스의 타자 원고에는 'an'이 괄호 안에 들어 있다.

「메두사」 13행 you,] you 26행 Paralyzing] Paralysing 31행 X ray] X-ray

「퍼다」 8행 valuable.] valuable! 19행 arrives,] arrives 20행 mirrors.] mirrors! 25행 curtain.] curtain 35행 macaws.] macaws! 45행 plies] flies 46행 crystals,] crystals

「달과 주목나무」 5행 Fumey] Fumy

「생일 선물」 14행 all,] all 39행 cotton -] cotton. 50행 cold,] cold

「11월의 편지」 14행 Wellingtons] wellingtons 28행 grey] gray

「기억상실증 환자」 1행 Recognize.] Recognize! 4행 wife] wife - 6행 cocker.] cooker! 15행 barren.] barren! 18행 rears,] rears 19행 tail.] tail!

「아빠」 9행 grey] gray 27행 마지막 ich 다음에 쉼표를 마침표로 대체했다. 38행 gypsy] gipsy 43행 moustache] mustache 45행 o You] O You 60행 do] do.

「화씨 103도 고열」 52행 Nor] Not

「양봉 모임」 15행 beanfield,] beanfield. 39행 cow parsley] cow-parsley

「벌 상자의 도착」 17행 appals] appalls

「벌침」 9행 it.] it, 12행 grey] gray

「겨울나기」 16행 플라스의 타자 원고에서는 Chinese에서 's'가 어쩌다 빠져 있다. 발표된 시에서는 항상 정확한 철자가 사용되었다.

2부. 『「에어리얼」과 그 외 시들』원고 복사본

실비아 플라스의 원고는 8.5×11인치 크기(A4 정도)의 미색 타자 용지로 되어 있다. 그는 검은색 타자기 리본을 사용했다.

최종 제목이 되지 못한 두 제목 페이지의 원본 및 카본 복사지 오른쪽 상단에는 실비아 플라스의 이름과 데번주 주소가 기재되어 있다. 이 자료는 스미스대학의 아카이브에 소장되어 있다. 두 제목 페이지 모두에서 검은색 펜을 사용했다. 채택되지 못한 제목 원본 페이지에는 '아빠'라고 쓰여 있다. '생일 선물' '토끼 잡는 사람' '경쟁자'가 삭제되었다. 카본 복사지 페이지에는 '아빠'라고 쓰여 있고 '생일 선물'과 '경쟁자'가 삭제되었다.

플라스는 다시 카본 복사지를 사용해 두 개의 똑같은 헌사 페이지를 만들었다. 여기서는 원본만 전재했다.

그는 또한 카본 복사지로 두 개의 똑같은 차례 페이지도 만들었다. 차례 원본 페이지에서 플라스가 표시한 사항들은 모두 검은색 잉크로 되어 있고, 「죽음 주식회사Death & Co.」의 'h' 위에만 빨간색 표시가 되어 있다. 그 페이지의 오른쪽 하단에도 빨간색 자국이 있다. 카본 복사지의 차례 페이지에서는 발표가 수락된 시들의 제목에는 빨간색으로 밑줄을 쳐놓았고, 발표 지면을 각 제목 옆에 타이핑하거나 적어놓았다. 「퍼다」와 「화씨 103도 고열」옆에 빨간색으로 ': Poetry'라고 써놓은 부분을 제외하면, 손으로 기재한 부가설명은 모두 검은색 잉크로 되어 있다. 그 일부는 늦게는 1963년 1월 25일에 작성되었을 가능성이 있다. 〈런던 매거진〉이 플라스의 시들을 1963년 4월호에 싣기로 수락한 날짜이다.

3부. 「에어리얼」 초고 복사본

「에어리얼」의 작업 초고들 원본에서 실비아 플라스는 오른쪽 상단 귀퉁이에 자신의 이름을 타이핑해놓았는데, 여기에 자신의 데번주 주소도 넣었다. 〈옵저버〉의 「에어리얼」 교정쇄 원본에는 실비아 플라스의 이름 아래 두 곳에 그의 데번주 주소가 적혀 있다.

부록 1

「벌떼」 5행 What] Who 9행 marshalling] marshaling 10행 Shh,] Shh!

11행 Shh.] Shh! 16행 Clouds! Clouds!] Clouds, clouds. 23행 pack dog] pack-dog 26행 high.] high! 27행 Germany.] Germany! 33행 grey] gray 37행 Pom, pom.] Pom! Pom! 39행 chariots] charioteers ‖ Army.] Army! 40행 Napoleon.] Napoleon! 43행 sea.] sea! 51행 grey] gray 55행 Pom, pom!] Pom! Pom! 58행 black,] black 60행 Europe.] Europe! ‖ honey.] honey!

이전에 출간된 실비아 플라스의 시집 네 권

「에어리얼*Ariel*」 [A] Faber & Faber, London, 1965; Harper & Row, NY, 1966

「호수를 건너며*Crossing the Water*」 [CW] Faber & Faber, London, 1971; Harper & Row, NY, 1971

「겨울나무*Winter Trees*」 [WT] Faber & Faber, London, 1971; Harper & Row, NY, 1972

「시 전집*The Collected Poems*」 [CP] Faber & Faber, London, 1981; Harper & Row, NY, 1981

『「에어리얼」과 그 외 시들』에 묶인 실비아 플라스의 시들이 쓰인 날짜는 다음과 같다. 이 날짜들은 『시 전집』과 스미스대학 소장 원고에서 확인된 것이다. 꺾쇠표 안의 축약어는 해당 시가 처음 실린 실비아 플라스의 시집을 가리킨다.

「아침 노래」(1961년 2월 19일) [A]

「배송원들」(1962년 11월 4일) [A]

「토끼 잡는 사람」(1962년 5월 21일) [WT]

「탈리도마이드」(1962년 11월 4-8일) [WT]

「지원자」(1962년 10월 11일) [A]

「불모의 여인」(1961년 2월 21일) [CP]

「레이디 라자로」(1962년 10월 23-29일) [A]

「튤립」(1961년 3월 18일) [A]

「비밀」(1962년 10월 10일) [CP]

「간수」(1962년 10월 17일) [CP]

「베인 상처」(1962년 10월 24일) [A]

「느릅나무」(1962년 4월 12-19일) [A]

「밤의 춤」(1962년 11월 4-6일) [A]

「탐정」(1962년 10월 1일) [WT]

「에어리얼」(1962년 10월 27일) [A]

「죽음 주식회사」(1962년 11월 12-14일) [A]

「동방박사」(1960년) [CW]

「레스보스 섬」(1962년 10월 18일) [A]

「다른 사람」(1962년 7월 2일) [WT]

「죽어 멈춰 있는」(1962년 10월 19일) [WT]

「10월의 양귀비꽃」(1962년 10월 27일) [A]

「입 다물 용기」(1962년 10월 2일) [WT]

「닉과 촛대」(1962년 10월 24일) [A]

「베르크 해변」(1962년 6월 28-30일) [A]

「걸리버」(1962년 11월 3-6일) [A]

「그곳에 가기」(1962년 11월 3-6일) [A]

「메두사 (1962년 10월 28일) [WT]

「퍼다」(1962년 10월 28일) [WT]

「달과 주목나무」(1961년 10월 22일) [A]

「생일 선물」(1962년 9월 30일) [A]

「11월의 편지」(1962년 11월 11일) [A]

「기억상실증 환자」(1962년 10월 21일) [WT]

「경쟁자」(1961년 7월) [A]

「아빠」(1962년 10월 12일) [A]

「너는」(1960년 1/2월) [A]

「화씨 103도 고열」(1962년 10월 20일) [A]

「양봉 모임」(1962년 10월 3일) [A]

「벌 상자의 도착」(1962년 10월 4일) [A]

「벌침」(1962년 10월 6일) [A]

「벌떼」(1962년 10월 7일) [A]

「겨울나기」(1962년 10월 8-9일) [A]

다음은 기출간된 『에어리얼』의 차례 순서에 따라 시들을 열거한 것이다. 날짜가 있는 시들은 원래는 『『에어리얼』과 그 외 시들』 원고에 포함되지 않았음을 시사한다. 이 날짜들은 『시 전집』과 스미스대학 소장 원고에서 확인된 시작詩作 날짜이다.

「아침 노래」

「배송원들」

「안개 속의 양들」(1962년 12월 2일, 1963년 1월 28일)

「지원자」

「불모의 여인」

「레이디 라자로」

「튤립」

「베인 상처」

「느릅나무」

「밤의 춤」

「10월의 양귀비꽃」

「베르크 해변」

「에어리얼」

「걸리버」

「죽음 주식회사」

「레스보스 섬」영국판에는 수록되지 않았지만, 미국판에는 수록됨.

「닉과 촛대」

「걸리버」

「그곳에 가기」

「메두사」

「달과 주목나무」

「생일 선물」

「마리아의 노래」(1962년 11월 18-19일) 영국판에는 수록되지 않았지만,
 미국판에는 수록됨.

「11월의 편지」

「경쟁자」

「아빠」

「너는」

「화씨 103도 고열」

「양봉 모임」

「벌 상자의 도착」

「벌침」

「벌떼」영국판에는 수록되지 않았지만, 미국판에는 수록됨.

「겨울나기」

「목 매달린 사람」(1960년 6월 27일)

「작은 푸가」(1962년 4월 2일)

「세월」(1962년 11월 16일)

「뮌헨의 마네킹」(1963년 1월 28일)

「토템」(1963년 1월 28일)

「중풍 환자」(1963년 1월 29일)

「풍선」(1963년 2월 5일)

「7월의 양귀비꽃」(1962년 7월 20일)

「친절」(1963년 2월 1일)

「타박상」(1963년 2월 4일)

「가장자리」(1963년 2월 5일)

「말」(1963년 2월 1일)

옮긴이의 말

진은영

상담자들은 종종 내담자에게 자신의 인생을 전혀 다른 두 가지 방식으로 말해달라고 요청한다. 그 두 가지 이야기를 통해서 한 사람의 삶에 다면적으로 다가갈 수 있는 길이 열리기 때문이다. 『에어리얼』의 시인이 자신의 삶에 대해 이렇게 이야기한다면?

　나, 실비아 플라스는 1932년 10월 27일 아우렐리아 쇼버와 오토 플라스의 장녀로 태어났다. 아버지는 독일계 폴란드 출신 이민자였는데 당뇨병을 심하게 앓았다. 그는 내가 여덟 살일 때 당뇨 합병증으로 다리 절단 수술을 받은 후 세상을 떠났다. 나는 병으로 무너진 아빠의 끔찍하고 가련한 모습을 기억에서 지울 수 없었다. 그래서 「거상」을 비롯한 여러 작품에서 그 모습을 그려냈다. 말하기 부끄럽지만, 나는 하버드에 입학한 남동생 워런 때문에 열등감에 시달리곤 했다. 젊은 나이에 혼자되어 두 아이를 키워낸 엄마에게 죄책감과 동시에 증오심을 느꼈다. 두 번의 자살시도 후에 끔찍한 전기치료를 받기도 했다. 나는 영국 시인 테드 휴스와 결혼했다. 불임으로 한동안 고민했고 유산으로 고생을 한 적도 있다. 작가로서 성공하기를 꿈꿨지만, 남편이 승승장구했던 것과 달리 내 작품에 대한 문단의 평가는 몹시 인색했다. 나는 가정생활에 최선을 다했다. 하지만 어느 날 남편이 우리 가족과 꽤 가까이 지내던 여성 시인 아시아 베빌과 불륜관계에 있다는 사실을 알게 되었다. 결국 남편과 별거를 시작했고, 그 후 두 달간 머물렀던 런던의 한 아파트에서 나는 가스 오븐을 틀어놓은 채 세상과 작별했다. 1963년 2월 유난히도

추운 아침이었다. 몇 년 뒤 남편의 외도 상대였던 아시아 베빌은
나와 같은 방식으로 자살했다. 그것도 자신과 테드 사이에서
태어난 어린 딸을 데리고서. 이것은 나의 삶, 배신과 절망과
비극적 죽음에 관한 이야기이다.

　　나, 실비아 플라스의 삶은 다르게 이야기될 수도 있다.
나는 아름답고 유머가 있었으며 승마를 좋아했다. 명문으로
이름난 스미스대학에 입학했다. 대학 입학 전에 쓴 단편소설이
〈세븐틴〉에 실리면서 신예 작가로 주목받을 만큼 글쓰기에도
재능을 보였다. 각종 장학금을 받으며 대학을 수석으로 졸업하고,
풀브라이트 장학금을 받아 영국 케임브리지대학교로 유학을
갔다. 나는 그곳에서 만난 시인에게 반해 4개월 만에 결혼을 했다.
잘생기고 예술가로서 전도유망했으며 배울 게 많은 남자였다.
딸 프리다와 아들 니컬러스, 귀여운 두 아이를 낳았다. 영문학과
독문학 석사학위가 있는 엄마 아우렐리아는 교양이 풍부한
여성이었고 문학적 열정을 가진 딸의 좋은 대화 상대였다. 나는
엄마를 사랑했다. 대학에 입학한 해부터 세상을 떠나기 전까지
13년간 엄마에게 일주일에 한 통씩, 총 696통의 편지를 썼다.
어릴 적 돌아가신 아버지는 보스턴대학의 생물학 교수로 땅벌
연구의 세계적인 권위자였다. 내 핏속에는 벌들에 대한 애정이
흐르는 것 같다. 나는 영국에 거주할 때 지역의 양봉 모임에
나갔고 집으로 벌 상자를 주문하기도 했다. 사실 내가 습작기부터
사랑한 작가 버지니아 울프도 벌을 키운 적이 있다. 내가 죽은

뒤 남편 테드 휴스는 내 작품을 세상에 알리기 위해 노력했으며 남겨진 두 아이의 양육에도 최선을 다했다. 나는 남편보다 훨씬 더 유명해졌고 강렬한 작품들로 전 세계인의 사랑을 받았다. 딸 프리다는 시인이 되었다. 서른한 해의 짧은 생애였지만 나는 세상에 많은 것을 남겼다. 이것은 나의 삶, 사랑과 아름다움과 열정에 관한 이야기이다.

삶은 전자와 같은 비관적 버전 대신 후자의 낙관적 버전을 택하는 이들에게 궁극의 미소를 짓는다는 말을 하려는 게 아니다. 모든 이의 삶은 이 두 가지 이야기 사이를 오고 간다. 절정에서 절망으로, 다시 절망에서 절정으로. 삶은 그 사이에서 끊임없이 진동한다. 실비아 플라스의 삶도 그랬다. 마지막 순간의 자살 사고가 시인의 삶을 자꾸 비극적인 이야기로만 읽히도록 끌어당기는 경향이 있지만, 시들은 시인이 살았던 순간들, 절정과 절망 사이를 오가며 그가 느낀 모든 떨림을 보여준다. 게다가 시는 시인이 마주한 암담함의 거대한 벽에 작은 구멍 하나를 뚫어준다. 그곳으로 다시 빛이 들어오고 바깥을 볼 수 있다. "분노가 목구멍을 꽉 메우고 독을 퍼뜨리지만, 글을 쓰기 시작하면 이내 흩어져 글자의 형상 속으로 흘러 들어간다. 치료법으로서의 글쓰기?"(1958년 8월 27일 목요일의 일기)°
『에어리얼』의 독자들이 실비아 플라스의 검은 벽뿐만 아니라 그 위에 뚫린 수많은 구멍들을 읽어주었으면 좋겠다. 시인이 "오, 작은 나사송곳들——/ 이 종잇장 같은 하루는 어떤 구멍들로 벌써 가득 차 있는가!"(「간수」)라고 탄식할 때, 이 구멍들은 상처이기도 하지만 인식의 빛나는 눈이기도 하다는 것을, 그리고 그가 용기를 가지고 행복의 환상을 거부하고 있다는 사실을 잊지 말아주기를. 실비아 플라스는 남편이 작가로서 성공가도를 달리고 있었고 사랑스러운 두 아이를 낳았으므로, 그 시대 많은 중산층 여성들이 그랬듯이 행복한 주부의 역할에 안주할 수도 있었다. 아니면 스미스대학의 수재로 인정을 받았던 만큼, 지도교수의 제안이나 엄마의 소원대로 모교의 영문학 교수로서 작가보다 사회적으로 더 안정된 삶의 방식을 택할 수도 있었다. 그러나 그는 작가가 되고 싶다는 열망으로, 자신이 일기에서 "반복적인 일상이나 안정된 직업, 돈의 노예가 되는"(1957년 2월 25일 월요일 오후의 일기)°° 삶, 그리고 "가정과 아이들이라는 아메리칸 드림"(1958년 8월 2일 토요일의 일기)°°°이라고 부른 것으로부터 멀어지려고 했다.

　버지니아 울프는 「여성의 직업」이라는 에세이에서 여성들에게는 '집 안의 천사'가 있다고 말한다. 그 천사는 여성이 집에 있든 밖에 있든 귓속에 "얘야, (……) 공감을 보이렴. 다정하게 대하고. 아첨도 하고 속이려무나. 우리 여성의 온갖 기교와 간계를 발휘하렴. 네게 자기 나름의 마음이 있다는 사실을 누구도 알아차리지 못하게 하려무나"°°°°라고 속삭인다. 여성의 영혼이 살해당하지 않으려면 그 천사를 목 졸라 죽여야 한다고 울프는 말한다. 실비아 플라스의 시에서 강렬하게 드러나는 죽음 충동 역시 극심한 심리적 고통 속에서 모든 것을 끝내고 싶다는 소망이자, 집 안의 천사에게 사로잡혀 가정의 좀비가 되기 전에 그를 없애고 싶다는 소망이다. 사랑하는 아이에 대해 쓸 때조차도 실비아 플라스는 팽팽한 긴장감과 서늘함을 놓지 않으며, 그 점이야말로 그의 시가 지닌 진정한 아름다움이라는 것을 많은 이들이 기억해주었으면 한다.

시를 번역하는 일이 시를 쓰는 일보다 더 힘들었다. 내 안의 시인을 누르고 번역자의 본분을 지키는 일이 쉽지 않았다. 나도 모르게 시구들을 내 호흡과 감각에 맞춰 배열하거나 우리말로 번역했을 때 시적 긴장을 해칠 수 있는 단어들을 지우고 싶은 유혹을 참아내고, 시인이 전달하려는 뉘앙스에 충실하려고 애썼다. 실비아 플라스는 이 시집이 무엇보다도 음악적인 시집이 되기를 원했지만, 내가 선택한 원칙은 원문의 흐름을 따라가면서 시인이 만들어내는 이미지들의 강력한 분출을 드러내고, 그것이 가능한 한에서 음악적인 요소를 고려하는 것이었다. 시를 읽을 때 마침표의 위치에 섬세하게 주의를 기울이며, 꼭 소리 내어 읽어주길 바란다. 시인이 시를 쓸 때 그랬던 것처럼 말이다. 실비아 플라스의 시구들은 하나의 문장이 한 행이나 한 연에서 끝나지 않고 다음 연의 어디쯤에서 마침표와 함께 비로소 끝날 때가 많다. 그래서 눈으로만 읽기보다는 소리 내어 읽을 때 의미도 분명해지고 리듬감도 제대로 느낄 수 있다.

시에서는 어떤 이미지가 먼저 솟아오르는가에 따라 시각적 분위기가 크게 달라진다. 사실 에즈라 파운드 이후의 현대시들은 시각적 강렬함의 규칙에 강하게 매여 있다. 그래서 나는 행들과 연들을 의미 단위로 재배열해서 자연스럽게 읽히도록 번역하기보다는 시인이 선택한 이미지의 규칙을 살려서 번역하려고 했다. '규칙을 매우 좋아한 실비아 플라스가 나의 이런 결정을 나무라진 않을 거야'라고 소심하게 되뇌어본다. 시인은 BBC에서 낭독한 일곱 편의 신작 시들에 대해 "눈이 아니라 귀를 위해 쓰였다"고 단언하기도 했다. 인터넷에 이미 시인의 음성으로 낭송된 시들이 있으니, 이 낭송을 통해 시인이 전하고 싶어했던 시의 음악성을 오롯이 느껴볼 수 있으리라고 생각한다.

번역 작업을 하면서 김소영 편집자와 시인에 대한 몇 통의 메일을 주고받았다. 그러는 동안 세계가 한결 다정하고 우정 어린 공간으로 변하는 듯한 기분이었다. 실비아 플라스가 안다면 기뻐하겠지. 『에어리얼』을 펼칠 때마다 많은 독자들이 이런 우정을 느낄 수 있다면 시인이 더 기뻐할 것 같다. 아름다운 시집을 출간해준 엘리 출판사와 편집부에 감사드린다. 그리고 이미지의 자유연상으로 시적 몽상에 빠져들던 나에게 번역자의 가장 중요한 미덕인 정확성을 여러 차례 환기해준 친구 김경희에게도 큰 고마움을 전한다.

◦ *The Journals of Sylvia Plath*, New York: Anchor Books, 1998, p.256

◦◦   위의 책, p.154

◦◦◦   위의 책, p.254

◦◦◦◦   버지니아 울프, 이미애 옮김, 「런던 거리 헤매기」(민음사, 2019), 132쪽

옮긴이 진은영

이화여자대학교 철학과와 동 대학원을 졸업했다. 2000년 「문학과사회」 봄호에 시를 발표하면서 작품 활동을 시작했다. 한국상담대학원대학교 문학상담 전공 교수로 가르치며 시를 쓰고 있다. 시집 「일곱 개의 단어로 된 사전」 「우리는 매일매일」 「훔쳐가는 노래」 「나는 오래된 거리처럼 너를 사랑하고」를 냈고, 대산문학상, 현대문학상, 천상병 시문학상 등을 받았다. 실비아 플라스의 소설 「메리 벤투라와 아홉 번째 왕국」을 우리말로 옮겼다.

에어리얼 복원본

1판 1쇄	2022년 9월 19일
1판 2쇄	2022년 11월 11일

지은이	실비아 플라스
옮긴이	진은영
펴낸이	김이선
편집	김소영
디자인	김민영
마케팅	김상만

펴낸곳	(주)엘리
출판등록	2019년 12월 16일 (제2019-000325호)
주소	04043 서울특별시 마포구 양화로12길 16-9 (서교동 북앤빌딩)
✉	ellelit@naver.com
🐦 📷	ellelit2020
전화	(편집) 02 6949 3804 (마케팅) 02 6949 1339
팩스	02 3144 3121

ISBN	979-11-91247-23-7 03840